CHRYSALIDE

Susanna Casciani

MEGLIO SOFFRIRE
CHE METTERE IN UN RIPOSTIGLIO
IL CUORE

MONDADORI

Facebook: Meglio soffrire che mettere in un ripostiglio il cuore

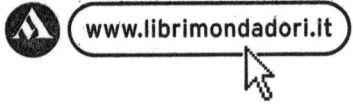

www.mondichrysalide.it

Meglio soffrire che mettere in un ripostiglio il cuore
di Susanna Casciani
Collezione Chrysalide

ISBN 978-88-04-65895-5

Meglio soffrire
che mettere in un ripostiglio il cuore

Ai miei genitori

Per te che ti innamori di tutto, ma in realtà non ti importa di niente. Per te che ti mantieni sempre un po' distante, e scommetto che perfino ascoltare la musica a volte ti annoia. Per te che sei scostante e conosci cose che non interessano a nessuno e non ti serviranno mai a niente. Per te che quando sei a terra hai paura di volare, ma quando poi voli non hai paura di cadere e ridi spesso, ridi bene, ridi e accetti di buon grado che le cose – anche le più belle – possano finire. Per te, eterna insoddisfatta che continui ad aspettare che qualcuno ti inviti a ballare e non ci speri più, ma ti ritrovi a guardare con insistenza fuori dalla finestra. Per te che non scrivi più lettere d'amore, e osservare il cielo non ti tranquillizza più, niente ti tranquillizza più. Per te che qualche anno fa bastava fare l'amore e bere un buon vino rosso per essere felici e adesso, invece, hai tutto e non senti niente. Per te il vento, le note, l'odore delle penne colorate, un letto fresco. Per te la forza di cambiare.

Susanna

UNA FINE

C'erano una volta un ragazzo e una ragazza. O forse sarebbe meglio scrivere:

c'erano una volta un uomo e una donna. Ma forse, ancora meglio:

c'erano una volta due persone innamorate.

Lui, ventotto anni, professore parecchio precario di Storia dell'arte al liceo, occhi enormi e quasi sempre altrove.

Lei, ventisette anni, receptionist a tempo determinato in un albergo a tre stelle, occhi vagamente orientali e perennemente in movimento.

C'erano una volta perché adesso non ci sono più.

Non è che abbiano smesso di esistere in senso generale, o almeno non apparentemente, solo che a un certo punto hanno smesso di vivere insieme.

Poi hanno smesso di fare colazione allo stesso tavolino e hanno anche smesso di tenersi per mano camminando sui marciapiedi.

Hanno smesso di andare al cinema la domenica pomeriggio d'inverno e di giocare a scala quaranta la sera d'estate.

Poco alla volta, senza nemmeno accorgersene, si sono allontanati.

Mentre molti dei loro amici decidevano di crearsi una famiglia, di sposarsi, di mettere al mondo un bambino con il nasino della mamma e la bocca del babbo e di fare finalmente un passo in avanti nelle loro relazioni, lui e lei ne stavano facendo mille, ma indietro, tornando al luglio di quattro anni prima, quando ancora dovevano fare a meno l'una dell'altro.

Lui, onesto e irrequieto di natura, un sabato mattina di fine aprile in cui fuori sembrava che i fiori danzassero al ritmo di una musica lenta e tutto brillava in modo quasi fastidioso si sorprese a piangere davanti a lei.

Che strano quando qualcosa o qualcuno si spezza in un giorno di vacanza o in un giorno di sole. Sembrerebbe impossibile, contro natura, e invece.

In ogni caso lei, ansiosa e insicura dalla nascita, non si sorprese per niente.

Da tempo sapeva che lui non l'amava più, ma avevano fatto dei progetti: comprare una macchina rossa, farsi concedere il mutuo, leggere un libro insieme, essere contenti, mangiare dei gelati alla crema. Per via di questi progetti lei aveva provato a fingere che andasse tutto bene, ogni tanto si rinchiudeva nel bagnetto azzurro della loro casa in affitto e piangeva in silenzio, che è un po' come morire, probabilmente, e seduta sul gabinetto cercava di convincersi di avere ancora una speranza. Che stronza.

La speranza, s'intende.

Sempre in silenzio, senza dirlo a nessuno, aveva deciso d'iscriversi in palestra per prendersi cura del proprio corpo, quel corpo che aveva smesso di coccolare forse proprio da quando lui aveva smesso di accarezzarlo. Aveva iniziato a cercare su internet qualche ricetta un po' più elaborata delle sue solite uova sode con la maionese e della pasta al pomodoro che a lui, comunque, era sempre piaciuta tanto. O almeno questo pensava lei.

Tutto quello che faceva era un tentativo disperato per non perderlo.

Talvolta si ritrovavano ancora a ridere per le stesse cose, ma succedeva sempre più raramente. In genere guardavano la televisione e si crogiolavano nelle loro abitudini.

Qualcosa che appena un anno prima avveniva in maniera naturale, loro due che si cercavano nel letto oppure giocavano con il carrello della spesa, era diventato tremendamente faticoso e lei, terrorizzata dal mondo di solitudine e di arroganza dal quale era riuscita a tenersi alla larga fino ad allora, si ritrovava a fissarlo con il presentimento che sarebbe scomparso da un momento all'altro, e iniziava a sentirsi stanca anche nei giorni in cui poteva dormire fino a tardi.

Lui le voleva sicuramente bene, e tanto, un bene quasi innato, perché quando si videro per la prima volta sentì di esserle già affezionato anche se non la conosceva ancora.

La mattina in cui le lacrime gli inondarono gli occhi senza preavviso erano sei mesi che non facevano l'amore. Lei stava leggendo un libro sul divano e lui stava bevendo un caffè. Guardandola, appoggiato allo stipite della porta che dalla cucina conduceva al salotto, la vide più piccola di quello che realmente fosse, più indifesa, e si sentì irrimediabilmente infelice. Infelice perché era sicuro che presto non avrebbe più potuto proteggerla, non avrebbe più potuto dirle di fare attenzione quando attraversava la strada, perché non desiderava un figlio da lei, perché sicuramente le voleva tanto bene, un bene quasi innato, appunto, però non l'amava. L'aveva amata come uno scemo, fino a rimbecillire, quello sì, ma ora non la sentiva più. A volte si dimenticava di lei, durante il giorno, e per questo il senso di colpa lo divorava quando tornava a casa ed era costretto ad affrontare il suo viso. Quando lei gli sorrideva, dentro di sé lui percepiva un vuoto spaventoso, impossibile da riempire con i ricordi di una gioia ormai svanita, troppo flebile per poter attecchire ancora.

Non riusciva a parlare, quella mattina. Avrebbe voluto toglierle il libro dalle mani, ma temeva che si sarebbe arrabbiata. Avrebbe voluto confessarle che era finita, ma sapeva che poi lei avrebbe iniziato a singhiozzare, e non ne sopportava nemmeno l'idea.

Avrebbe voluto dirle un sacco di cose e mentre si tormentava sul da farsi e sulla propria vigliaccheria, lei alzò lo sguardo dal suo libro come se avesse avvertito una forza nuova in casa, incontenibile, che l'avrebbe schiacciata contro il muro se non si fosse aggrappata a qualcosa, così si aggrappò al suo orgoglio, o a quello che ne rimaneva.

Aveva deciso che era il momento di smetterla. Chiuse il libro, si alzò dal divano e si diresse verso di lui, si mise sulle punte e gli accarezzò la testa. Gli disse di stare tranquillo.

«Non piangere» gli sussurrò innumerevoli volte, «non piangere, non piangere, non piangere.»

Lui le faceva del male e lei lo consolava.

Rimasero così per un tempo che a entrambi sembrò infinito, ma comunque non abbastanza.

Lei non piangeva, ma le tremava la voce mentre parlava. Si capiva che si stava sforzando per non esplodere, per non travolgerlo con la forza della sua sofferenza. Gli disse che l'avrebbe lasciato libero, che si sarebbe cercata una casa dall'altra parte della città, che se la sarebbe cavata, in qualche modo. Una parte di lui avrebbe voluto abbracciarla per farle capire che si stava sbagliando, ma le sue braccia rimasero immobili. Così minuta e così resistente. Così brava ad ascoltare i silenzi degli altri. Si sentiva già smarrito al pensiero di rimanere lì da solo senza di lei, e le rispose soltanto che anche lui avrebbe cercato un altro appartamento.

Lei smise di toccargli i capelli con la lacerante consapevolezza che le sue mani non avrebbero più ballato tra quei riccioli scuri che si erano un po' diradati negli ultimi anni. Gli diede un bacio sulla guancia e andò in camera da letto a infilarsi una tuta. Aveva bisogno di correre.

Uscì di casa senza voltarsi, per non essere costretta a dirgli addio: era seduto su una sedia in cucina con la testa tra le mani. Corse per un'ora, finché non capì di essere sul punto di svenire, poi si lasciò cadere sul marciapiede di fronte a un negozio di scarpe eleganti e si mise finalmente a piangere con la schiena contro la vetrina, mentre dentro di lei si faceva spazio, inghiottendo tutto il buono che c'era stato fino ad allora, la convinzione che da sola non ce l'avrebbe fatta.

Qualcuno le chiese se avesse bisogno d'aiuto e lei si trattenne dal rispondere che aveva soltanto bisogno di una cosa. Lui.

Quando, quasi tre ore dopo, tornò a casa, lui non c'era più. Aveva portato via i suoi vestiti, che non erano poi tanti. Aveva lavato la tazzina in cui aveva bevuto il caffè, quasi come a voler eliminare ogni sua traccia, e poi, probabilmente, era andato a casa di un amico o di suo padre.

Le aveva lasciato un biglietto sul comodino con su scritto qualcosa del genere:

Avrei voluto che andasse diversamente
ti giuro che ci ho provato
grazie per essere stata quella che sei
perdonami, se puoi.

E sembrava, dalla velocità con cui era sparito, che non avesse mai realmente avuto l'intenzione di restare, come se fin dall'inizio avesse saputo che prima o poi se ne sarebbe andato, come se fosse sempre stato di passaggio.

Lei, che di lì a un'ora avrebbe dovuto iniziare il suo turno di lavoro, chiamò in albergo e disse che era malata, molto malata: «Purtroppo per almeno tre giorni non credo che riuscirò a venire, le farò avere il certificato appena possibile».

Poi, sfinita, si addormentò su quello che era stato il loro letto.

Più tardi, e già si erano fatte le nove di sera, si svegliò di soprassalto e ci mise almeno venti minuti a realizzare quello che era successo.

Si era addormentata rannicchiata in posizione fetale e aveva bagnato di lacrime tutto il cuscino e i capelli. Lacrime che doveva aver versato anche mentre dormiva, inconsapevolmente. Mise a fuoco nel buio quella parte di letto, così vuota, e avvertì un macigno sul petto che non la faceva respirare. Si rese conto di non essere pronta a lasciarlo andare.

Si alzò per cercare un quaderno, come se improvvisamente fosse una questione di vita o di morte. Ne trovò uno con le prime pagine piene di scarabocchi e numeri di telefono, e le strappò con tutta la forza – davvero poca – che aveva nelle braccia. Non era una sprovveduta, aveva già lasciato qualcuno ed era già stata lasciata a sua volta, quindi sapeva come funzionava e conosceva le regole: non chiamarlo, non cercarlo, non seguirlo (!), non inviargli messaggi, bloccarlo su ogni social network, non giocarsi la dignità. Conosceva le regole, ma le stavano strette, perché stavolta, in quella storia, ci aveva creduto talmente tanto da sentirsi quasi adatta a un futuro felice. Per questo, per la prima volta in ventisette anni, decise di iniziare a tenere un diario segreto, che poi, a voler essere davvero sinceri, altro non era che un modo per continuare a parlare con lui.

CARO TOMMASO

Sono ancora viva e mi sembra impossibile. Ero convinta che avrei smesso di respirare, che mi sarei addirittura smaterializzata, senza di te, che sarebbe stato troppo da sopportare, invece eccomi qui. Più o meno.

Sei andato via da poco e in questa casa il tuo odore già inizia a svanire.

Forse avrei dovuto urlare, prima, o prenderti per un braccio e implorarti di rimanere. Avrei potuto piangere davanti a te per elemosinare una carezza, ma la verità è che non ne ho avuto la forza.

Se avessi scorto una luce in fondo a quegli occhi così scuri che tante volte mi hanno scelto in mezzo agli altri, se avessi avvertito un dubbio posarsi sulla punta delle tue dita, forse ci avrei provato, ma non ho visto niente. Solo una moltitudine di ombre ammassate sulle tue spalle.

In mezzo al tuo silenzio ho percepito nitidamente l'educazione, ma non l'amore. L'educazione che ti porta a filtrare i pensieri per non ferire troppo chi hai davanti. Sei stato zitto per non diventare cattivo, per non mettermi di fronte alla cruda realtà:

è finita.

Non credevo che una storia d'amore come la nostra

potesse finire in modo così assurdo e repentino. Senza litigi, senza tentativi di rimettere a posto le cose e senza recriminazioni.

Il fatto è che io l'avevo già capito. Avevi smesso di guardarmi, e quando provavo a suonare la chitarra e cantavo in salotto tu ti chiudevi in camera da letto per non essere costretto ad ascoltarmi. Ero diventata di troppo, nelle tue giornate. La mia presenza non era più un valore aggiunto alla tua vita, anzi, al contrario: ti sottraeva spazio e libertà.

Mi trattavi con disponibilità (fin troppa) e in modo gentile, ma ti mantenevi a distanza di sicurezza.

All'inizio pensavo a una crisi, d'altra parte può succedere. Lo dicono tutti: ogni tanto ci sta.

Poi hai smesso di toccarmi, tu che andavi pazzo per il mio sedere tondo e per la mia pelle chiara.

A quel punto ho pensato: sarà un momento, passerà.

Invece ti sono passata io, di mente e dal cuore, un po' come passano le mode e le stagioni, un po' come quando basta un po' di freddo a farti dimenticare che fino al giorno prima era estate.

Dovrei lottare, probabilmente, tentare l'impossibile per farti tornare sui tuoi passi, ma adesso il sentimento che prevale sopra tutti gli altri è la rassegnazione.

Sono rassegnata.

E sono tanto

tanto

ma tanto

triste.

13 ore dopo la fine

Quasi dimenticavo... Buonanotte amore.

Ho dormito poco e male e ora mi bruciano gli occhi. Alle nove ho guardato il cellulare e ho visto che mi erano arrivati cinque messaggi.

Non dovrei scriverlo, forse, ma tra questi messaggi ho sperato di trovarne anche uno inviato da te, qualcosa come:

Era uno scherzo, uno scherzo di pessimo gusto, ok, ma pur sempre uno scherzo.

Invece ce n'erano due di mia madre che mi chiedeva che fine avessi fatto, uno di mio fratello Cesare che voleva passare a trovarmi e uno della mia amica Diana che sperava di poter cenare con me.

Non mi sento ancora in grado di affrontare quel momento tremendo in cui devi ammettere a te stesso e agli altri di aver fallito, quel momento in cui tutti si aspettano almeno una spiegazione da te e tu non.

Non.

Mia madre che ti preparava le lasagne, che ti comprava la birra e la teneva da parte per quando andavamo a trovarla, solo perché sapeva quanto ti piacesse.

Mio fratello che, quando vi siete conosciuti, doveva scegliere che scuola frequentare dopo le medie e rimase talmente affascinato da te che decise di seguire le tue orme e iscriversi al liceo artistico.

Loro non mi avrebbero sicuramente creduto, e forse avrebbero pure dato la colpa a me.

Diana, invece, mi avrebbe detto che era tutto scritto e che probabilmente era meglio così. Mi avrebbe portata in uno di quei pub in cui non si riesce nemmeno a parlare per via della musica troppo alta e avrebbe cercato di curarmi il cuore con la tequila.

Per questo ho spento il cellulare e mi sono girata dall'altra parte del letto, provando a riprendere sonno.

Il pensiero di scontrarmi con la realtà e, per la prima volta dopo tanti anni, di farlo senza averti al mio fianco, mi prosciuga.

E poi, che ti è venuto in mente di andar via proprio ora che è primavera?

Vorrei un tuo bacio.

Prima mi sono guardata allo specchio e mi sono odiata. Ho odiato il mio corpo che non è stato in grado di trattenerti.

Che pensiero sciocco, lo so.

Ho odiato i miei occhi che non si sa di che colore siano, così piccoli e vulnerabili. Le mie mani sciupate, le mie unghie poco curate, la mia pelle così chiara da farmi sembrare quasi trasparente.

Ho odiato i miei capelli troppo scuri e troppo corti, perfino più dei tuoi. Forse se fossero stati più lunghi?

Ho odiato i due nei sul mio seno perché ti piacevano tanto e non ti sei nemmeno preso la briga di salutarli.

Ho odiato le mie orecchie a sventola, la mia bocca già meno carnosa di qualche anno fa, la mia corporatura esile, il mio metro e cinquantotto di altezza. Magari se fossi stata più alta?

Magari.

Non credo sia stata colpa del mio corpo, in realtà.

Sono stata troppo me stessa, probabilmente. Dicono tutti che è così che si dovrebbe fare, ma non è mica vero secondo me. Essere se stessi va bene, ma con moderazione. A volte bisognerebbe provare a essere anche qualcun altro, tanto per vedere l'effetto che fa.

Io invece ho lasciato che le mie insicurezze e le mie ossessioni gravassero su di te. Mi dispiace.

Scusami se non ti ho protetto.

Scusami per gli attacchi di panico quando tutto intorno a noi sembrava tranquillo, scusami perché a volte non riuscivo a respirare nonostante il fatto che tu mi rendessi immensamente felice. Non è mai dipeso da te, soltanto che io mi sono sempre sentita inadatta a tutto. Scusami, dunque, se non ne ho fatto mistero e se al ristorante ti chiedevo di ordinare al posto mio, perché le parole mi facevano marcia indietro nella gola.

Ti ho tacitamente imposto di stare davanti a me nella mia personalissima trincea. Ti ho mandato a combattere le mie guerre lasciandoti rischiare di perdere le tue.

Ti chiedo perdono.

Mi ero ripromessa che non avrei più fatto un errore simile, che avrei provato semplicemente a ridere quando tutto sembrava andare per il meglio, che avrei trovato il coraggio di riconoscere i miei pregi senza per questo dimenticare i miei limiti.

Non ce l'ho fatta.

Avrei voluto essere leggera come una carezza, per te. Avrei voluto essere il petalo di un fiore che ti cade sul viso all'improvviso e ti lascia addosso la piacevole sensazione di essere una persona fortunata. Avrei voluto assomigliare a un giorno di vacanza, a un viaggio fuori programma, al profumo di casa tua. Avrei voluto assomigliare alle "tue" cose, quelle che ti fanno stare tranquillo. Avrei voluto essere un gioco, l'unico gioco che se dura tanto è anche meglio, un gioco di quelli che non creano dipendenza, ma che quando ci si può giocare lo si fa volentieri e si torna bambini.

Avrei voluto esserti d'aiuto e mai di peso.

Mi dispiace tanto.

26 ore dopo la fine

Ho telefonato a mia madre e le ho mentito. Le ho detto che ero al lavoro e che non potevo parlare tanto. Va tutto alla grande, ho aggiunto, ma non so se mi ha creduto. Ho fatto come quelli che fingono di andare all'università e si scrivono da soli i voti sul libretto falsificando le firme dei professori pur di non deludere i propri genitori.

Poi ho scritto un messaggio a Diana: "Devo aver beccato un virus, ci vediamo appena starò meglio", e uno a mio fratello Cesare: "In questi giorni ho una marea di cose da fare. Ci vediamo appena sarò un po' più libera".

Il resto della mattinata l'ho passato comodamente seduta sul letto a guardare la foto di Tommaso che mi sorride sornione e a mangiare patatine maledicendo i momenti in cui sono stata felice con lui.

Lei è seduta sul tuo letto, un letto nuovo in una stanza che io non ho mai visto.

Fa caldo e indossa soltanto una maglietta a maniche corte bianca e larga. Una delle tue. Le si intravede il seno. Un bel seno.

Niente pantaloni e niente biancheria intima. Ha i capelli raccolti con una matita trovata sulla tua scrivania e le gambe leggermente aperte. Guarda davanti a sé con aria sicura. Guarda te.

Tu sei seduto su una sedia di fronte a lei. Stai sorridendo. È un gioco, un gioco solo vostro. La finestra è socchiusa e dalle persiane entra poca luce. Si sentono le urla dei bambini che giocano a calcio nel cortile e le cicale che festeggiano l'estate.

Con la mano ti fa cenno di alzarti e di sederti sul letto accanto a lei, tu ti avvicini quel tanto che basta per accarezzarle le ginocchia.

Con l'indice tracci delle linee immaginarie sulle sue cosce, mentre lei ti sussurra all'orecchio che non ce la fa più ad aspettare. Allora la guardi, per un attimo forse non la riconosci, ma è – appunto – solo un attimo.

Le sfili la matita dai capelli e lasci che le ricadano liberi sulla schiena. L'aiuti a togliersi la maglietta. Ora è nuda. Completamente nuda.

Ti vuole. Ti vuole e non ne fa mistero. Non combatte contro la sua eccitazione come facevo io. Non ti blocca le mani. Non si allontana da te per paura che tu, un giorno, possa distruggerla.

Non ha paura.

Si alza in piedi e si siede sopra di te. Tu smetti di trattenerti. Smetti di prenderti gioco del suo desiderio e ti lasci accarezzare il collo. Le sfiori il seno con una mano e con l'altra disegni il contorno delle sue labbra.

Resisterle è quasi doloroso.

Vi baciate, e lei con la sua lingua ti sfiora la bocca. Le chiedi di alzarsi e ti alzi in piedi a tua volta. È molto alta, sicuramente più alta di me, ed è fiera di essere lì con te. Ti spogli e per un attimo rimanete uno di fronte all'altra, poi vi sdraiate sul letto e fate l'amore.

O sesso.

Non so se la ami. Non so cos'è peggio.

Non lo so.

C'è odore del mandarino che avete mangiato poco fa mescolato con quello del vostro sudore ed è incredibile e crudele che lo senta anche io.

L'aria sembra bruciare, mi fanno male i polmoni e la gola come se respirare non mi fosse concesso, come se fossi allergica alla vita.

Se mi affaccio alla finestra a guardare il cielo mi sembra che le stelle siano più vicine del solito, talmente luminose che potrebbero accecarmi. Il suono del telefono mi fa sempre sussultare.

Ogni sorriso gentile che qualcuno ha da parte per me finisce puntualmente per farmi venire voglia di piangere. I fiori sono troppo colorati, le canzoni – tutte le canzoni – sono diventate la nostra canzone.

È insopportabile. Il mondo è diventato insopportabile.

Sei ovunque, eppure non so dove sei.

Vorrei che fossi qui, ma forse questa è una bugia.

Vorrei soltanto che tu mi amassi ancora, ovunque tu sia.

48 ore dopo la fine

Sono andata a trovare mio padre al cimitero e gli ho raccontato tutto. C'è stato un periodo durato circa quattro anni in cui non riuscivo più a parlare con lui. Ero un'adolescente e tutto quello che cercavo era qualcuno da incolpare per il dolore lancinante che provavo ovunque. Poi mi sono resa conto che dovevo assolutamente perdonarlo se davvero volevo continuare a tenerlo con me.

Non è stato lui a scegliere di starmi lontano. Non ha scelto di cadere dalla bicicletta e di picchiare la testa sul marciapiede. Non ha scelto di morire una settimana prima del mio quindicesimo compleanno. Non è stata una sua decisione. Non ha scelto di smettere di portarmi a fare colazione la domenica mattina prima che mia madre e mio fratello si svegliassero. Se avesse potuto sarebbe rimasto e mi avrebbe insegnato a guidare e a camminare più dritta, a stare meno con i piedi per terra e a lasciarmi andare. Se avesse potuto sarebbe rimasto, semplicemente.

Ho pensato quasi tutta la notte alla vacanza che avremmo dovuto fare a luglio. Avevo già scelto tre vestiti e un paio di pantaloni da portare via. Solo ora capisco come mai continuavi a rimandare il momento della prenotazione dell'aereo.

«È ancora presto per comprare il volo» affermavi con l'aria di uno che se ne intende.

Piuttosto avresti dovuto dire che era troppo tardi, o no?

Comunque voglio essere davvero sincera, ora che ti scrivo: non era solo il sentimento a tenermi legata a te.

C'era anche qualcosa di più subdolo a cui non riesco a dare un nome. Avevo come la sensazione che stare con te rendesse la mia vita più semplice.

Potevo dire a tutti che vivevo con qualcuno, che non ero sola, come se essere soli fosse una cosa di cui vergognarsi.

Avevo sempre qualcosa da fare la domenica pomeriggio quando non lavoravo e non ero mai costretta a cenare guardando la televisione in compagnia dei miei fantasmi.

I nostri amici uscivano sempre più raramente, ed era rassicurante l'idea che comunque qualcuno c'era e che quel qualcuno eri proprio tu. Senza contare che, appena provavo ad accennare al fatto che avevo un po' fame, come per magia, facevi apparire un gelato o un panino tutto per me.

Mia mamma, poi, era più tranquilla se sapeva che eravamo insieme.

Avevo la netta sensazione, insomma, che vivere con te fosse più comodo, meno faticoso.

Ora, ad ammettere che l'idea della solitudine mi spaventava quasi quanto quella della tua mancanza, mi sento davvero ridicola.

Mentre cercavo di raggruppare le poche cose che mi appartengono davvero qui dentro, un'idea ha fatto capolino nella mia mente.

Potresti tornare. Potresti anche tornare.

Non sarebbe mica così assurdo.

Potresti venire a trovarmi domani all'albergo in cui lavoro con un mazzo di fiori tra le mani – e guarda che lo so che i mazzi di fiori non mettono a posto le cose, però aiutano.

Puoi venire anche senza, comunque, e non importa nemmeno che tu mi chieda scusa, che tu cerchi di spiegarmi perché. Non importa.

Di peggio stasera non mi poteva succedere: ti aspetto.

Stai ridendo? Mi è sembrato di sentirti ridere, da qualche parte. Va bene tutto, però non esagerare.

Ho trovato un bilocale vicino al mare e prima sono passata a vederlo. Mi piace. Mi trasferirò lì tra qualche giorno e non c'è proprio un cazzo da ridere.

Sono tornata al lavoro. Avevo il turno delle otto. Sono uscita in bicicletta e la luce chiara della mattina ha rischiato
di trafiggermi gli occhi.

Ho parlato con almeno una decina di persone e il suono di quello che dicevano mi arrivava distorto, come se
ci fosse un'interferenza, come quando uno è al telefono
e non c'è campo.

Sono dovuta andare a nascondermi in bagno sette volte perché non volevo che qualcuno mi vedesse crollare in
mille pezzettini rosa, ognuno corrispondente a un attimo
trascorso con te.

Poteva andare peggio, ma poteva andare anche molto meglio.

4 giorni dopo la fine, ore 21

Pensavo davvero che saresti venuto, oggi, con quel mazzo di fiori che ti dicevo.

Pronto? Sì, sono io. Sono Anna.

Ti ricordi di me?

Scusa se ti ho disturbato mentre probabilmente stavi ancora dormendo.

Ti ho chiamato solo per dirti che stanotte mi sono svegliata tutta sudata e a stento riuscivo a respirare. Ti ho chiamato perché ho sognato che non mi amavi più. Che assurdità, vero? Ho sognato che eri crudele. Che eri in un altro letto, in un'altra città e abbracciavi da dietro una ragazza della quale non riuscivo a distinguere i lineamenti. Ma quante donne conosci? Quante?

Ora non ridere, lo so che mi devo fidare di te. Non prendermi in giro.

Dimmi che non è vero, altrimenti non ce la faccio. Mi sa che non ce la faccio proprio ad alzarmi dal letto.

Ti ho chiamato per farmi rassicurare, perché altrimenti poi lo so che mi resta addosso questo senso di disagio per tutto il giorno.

Sì, come se le parole potessero sostituire l'amore.

Sii gentile, lasciami pensare che per fortuna era soltanto un brutto sogno. Lascia che mi senta sollevata.

E poi rispondimi, ok?
Mi ami? Mi trovi bella? Sei da solo?
Perché non sei qui con me?
Riderò ancora?
E tu?

Peccato non poterti chiamare,
peccato non poterti vedere,
peccato per i nostri giochi;
peccato
perché alla fine hai sempre vinto tu.

Non potendo più rimandare, ieri sera sono andata a cena da mia madre.

Ovviamente mi sono dovuta presentare senza di te e quando Cesare ha aperto la porta e si è accorto della tua assenza ha iniziato a tempestarmi di domande.

Gli ho premuto una mano sulla bocca per farlo tacere e gli ho spiegato che Tommaso se n'era andato. Ho pronunciato queste testuali parole, "se n'è andato", poi mi sono data un pizzicotto sul braccio per distrarmi dalla mia stessa voce.

Allora lui, confuso, ha rincarato la dose.

«Ma dov'è andato? E quando torna?»

«Non torna» gli ho risposto con aria decisa, «non è partito per un viaggio. È andato via da me.»

Cesare per qualche secondo è rimasto a guardarmi cercando di capire se lo stessi prendendo in giro, ma dopo aver visto i miei occhi gonfi tutto deve essergli apparso molto più chiaro e, inaspettatamente, mi ha abbracciato.

Con quelle braccia lunghe e ossute che si ritrova.

Mi ha stupito. Ero convinta che mi avrebbe odiato per aver fatto scappare Tommaso, che mi avrebbe rimproverata, "si capisce, sei insopportabile", invece si è schierato immediatamente dalla mia parte, sempre che questa sia una guerra e sempre che in questa guerra servano degli alleati per vincere.

Non lo so. Il suo abbraccio, comunque, l'ho ricambiato volentieri. Ho appoggiato la fronte sul suo petto e per la prima volta in questi giorni mi sono concessa il lusso di pensare che un giorno smetterà di fare così male.

Mia madre era proprio lì dietro e aveva sentito tutto. Mi ha preso per mano e mi ha fatto sedere a quello che era stato il mio posto fino a due anni prima, fino a che io e te non abbiamo deciso di andare a vivere insieme, e con una dolcezza quasi inaudita per il suo modo di essere spesso brusco mi ha accarezzato i capelli e mi ha ripetuto almeno tre volte:

«Non sei sola.

Annina, non sei sola.

Non sei sola.»

Poi, come se quelle parole rischiassero di far crollare il muro che negli anni ha tirato su per sopravvivere, ha aggiunto: «La cena è quasi pronta e ci sono anche le bruschette che ti piacciono tanto». Subito dopo è tornata ai fornelli.

Hanno mangiato la pasta al pesto. Io no, io non avevo fame e ogni tanto mi alzavo per andare nella mia vecchia camera a riprendere fiato. Si sono bevuti una bottiglia di Chianti, hanno chiacchierato della loro vicina di settant'anni che gira nuda per casa con le finestre aperte, e di quanto sia fresco per essere maggio. Nella nostra famiglia non sappiamo parlare di sentimenti. "Ti voglio bene" ce lo diciamo lavando i piatti o spazzando per terra. "Mi dispiace" uscendo a fare la spesa. "Te la caverai" cantando una canzone.

Dopo cena, senza avvertirli, sono sgattaiolata via e sono andata a sdraiarmi sul lettone di mia madre. Mi sono addormentata con le loro voci sommesse che mi cullavano e che, straordinariamente, riuscivano a far tacere il mio dolore.

La mattina dopo, quando ho aperto gli occhi, ho scoperto che tutti e due si erano messi a dormire insieme a me nel lettone. Cesare al contrario, con i piedi sul cuscino, mia madre a pancia in giù con la testa vicinissima alla mia.

Abbiamo bisogno di alleati. Eccome.

Piangeresti se io morissi?

Ti prenderesti la briga di venire al mio funerale?

Se dovessi farmi male, parecchio male, mi verresti a trovare all'ospedale? Se dovessi ammalarmi gravemente mi telefoneresti per sapere come sto? Se partissi senza dire niente a nessuno mi verresti a cercare oppure mi lasceresti semplicemente andare e anzi, ti sentiresti quasi sollevato?

A volte spero che mi succeda qualcosa di brutto solo per poterti rivedere, solo per avere una scusa per farti tornare. Subito dopo, però, mi pento. Subito dopo inizio a disprezzarmi. Come posso essere così stupida? Come posso dipendere a tal punto dal tuo viso?

Non ho mai creduto al "per sempre", e poi figuriamoci se avresti potuto davvero amarmi per tutta la vita; figuriamoci se qualcuno riuscirà mai ad amarmi tanto a lungo da convincermi che ne valga la pena.

Solo, ho il terrore di essere dimenticata.

Vorrei che tu ricordassi le canzoni che ti ho dedicato seduta sul divano con le gambe incrociate prima di fare l'amore e gli sguardi che tenevo in serbo per te, solo per te, quando eravamo in mezzo agli altri. A tutti gli altri, che ovviamente non potevano capire.

Vorrei che ricordassi i passi di danza che improvvisavo di fronte allo specchio mentre mi asciugavo i capelli solo per vederti ridere e la luce nei miei occhi un attimo prima di accoglierti dentro di me.

Il pensiero di svanire nel nulla mi massacra.

Il pensiero di essere qualcosa che si confonde tra i mille impegni e le troppe scadenze non riesco ad accettarlo.

Ricordati di me.

Ricordati di me nei giorni speciali e in quelli normali. Ok, forse è troppo. Ricordati di me almeno a volte. Quando la luna e il sole si contenderanno il cielo, quando vedrai un arcobaleno, quando il mare sarà mosso, quando qualcuno ti sorriderà senza un motivo apparente e quando – a primavera – il profumo di glicine ti avvolgerà ancora senza che tu possa difenderti.

Lascia che continui a esistere dentro di te.

Sono uscita con Diana. Avevamo deciso di andare a una mostra d'arte, poi però ci siamo ubriacate.

Appena ci siamo viste Diana mi ha travolto con il suo entusiasmo e con i suoi vestiti dai colori sgargianti. Facevano talmente a pugni con il mio stato d'animo che non sono riuscita a trattenere le lacrime.

Alle cinque del pomeriggio ci siamo ritrovate a bere la prima di una lunghissima serie di birre.

Abbiamo parlato come non facevamo da tantissimo tempo, o meglio: io ho parlato e Diana mi ha ascoltato in silenzio. Forse questo non era mai successo.

Le ho chiesto perché, le ho chiesto dove vanno a finire le storie d'amore che non riescono a sopravvivere a se stesse. Le ho fatto tutte le domande che non avevo avuto il coraggio di fare a te. Le ho raccontato quanto ti piaceva telefonarmi mentre ero in albergo, fingendo di essere un cliente che voleva prenotare una camera, tanto per sentire la mia voce, e le ho confessato che prima di fare l'amore con te non avevo mai avuto un orgasmo.

Diana, quando stavamo per salutarci, mi ha preso la mano e mi ha detto:

«Non mi sono mai innamorata, Anna. Mai. Non ho mai

45

trovato qualcuno che mi abbia convinto a cambiare le mie abitudini, a diventare una persona meno egoista e disposta a scendere a compromessi. Non ho nessuno nel cuore e non sai che nostalgia ho, certe sere, di un sentimento che non ho nemmeno provato, di una persona che ancora non conosco e che forse non incontrerò mai. Vorrei poterti aiutare. Vorrei avere da parte le parole giuste per farti capire che ogni sofferenza, per quanto possa essere radicata nel nostro corpo e nella nostra mente, prima o poi ci lascia liberi. Più liberi. Però io non ce le ho queste parole qui, Anna, e nemmeno le altre: quelle sbagliate. Non ho parole, solo paure. Domani, comunque, ti prego di dimenticare tutto.»

Poi, senza aggiungere altro, è montata in macchina ed è andata via, lasciandomi da sola a riflettere su quante sfumature ci possono sfuggire quando siamo felici.

E quando siamo sobri.

10 giorni dopo la fine

Vorrei che mi bastasse uscire, fare qualcosa di nuovo, incontrare degli sconosciuti e mescolarmi con le loro solitudini. Vorrei che recuperare me stessa fosse sufficiente: ritrovarmi e ricominciare a piacermi. Il fatto, però, è che io non mi sono persa, insieme a te. Non ho rinunciato alla mia identità, non ho messo a tacere nessuna parte di me. Non ho smesso di fare quello che mi piaceva fare solo perché non piaceva anche a te. Non sono cambiata per compiacerti e non sono rimasta incastrata tra le tue braccia. Sono andata avanti dandoti la mano e ora non c'è niente che io possa provare a recuperare per sentirmi meglio perché non c'è niente di cui mi sia sentita privata, amandoti.

Io sono qui, con tutte le mie manie e le mie aspettative, con i miei piedi minuscoli e le mie unghie troppo corte. Sono qui con le mie piccole conquiste quotidiane, con le canzoni che vorrei scrivere e con quelle che ho già scritto ma non riesco più a cantare. Sono qui con le mie corse senza meta e con i miei colori tenui. E non è che non rido più, davvero.

È che da quando non sei più qui ogni risata sincera che mi scoppia sulle labbra rischia di trasformarsi in pianto se non ci sto attenta.

Io sono qui. Sei tu che.

Sei tu.

E il vuoto che hai lasciato non si può riempire con un aperitivo, con un nuovo taglio di capelli, con un'ora di sesso con chissà chi, con una torta al cioccolato, con una giornata di sole, con un ricordo dolce, con un bel film, con un buon profumo che si libera nell'aria all'improvviso. Il vuoto che hai lasciato appartiene solo a te e non c'è niente che io possa fare per renderlo meno somigliante ai tuoi occhi.

Noi, due anni fa:
- le tue gambe come cuscino;
- pranzo alle quattro del pomeriggio, cena alle due di notte;
- le tue favole prive di logica e di morale per farmi addormentare;
- doccia in due perché l'acqua calda dura al massimo quindici minuti;
- la tua ammirazione mentre mi trucco gli occhi e disegno una linea nera perfetta;
- le canzoni mentre laviamo i piatti;
- io stendo la lavatrice, sì, ok, ma come mai è già piena di nuovo?
- io che mi addormento sul divano e tu che mi aiuti a mettermi il pigiama e mi porti a letto;
- non aver ancora finito di prepararmi per uscire e ritrovarmi nuda sul letto;
- pensare in grande di fronte alla colazione;
- provare in tutti i modi a metterti il rossetto;
- farmelo togliere;
- guarda nel mio cassetto, quali mutandine ti piacerebbe togliermi stasera?

– tu che dormi nudo;

– anche io;

– la mattina a letto quando non c'è da andare da nessunissima parte al mondo;

– iniziare a cantare una canzone e sentire che la canti anche tu dopo qualche ora;

– decidere insieme;

– non stare mai zitti e poi, nella tranquillità, renderci conto di essere piuttosto fortunati.

Ti scrivo dalla mia nuova casa.

Ieri, tra il lavoro e il trasloco, non ho avuto tempo per descrivertela, o forse erano le forze a mancarmi.

Magari la voglia?

In ogni caso, amore (che evidentemente non si può più definire "mio"), questa casa ti piacerebbe tantissimo.

È piena, pienissima di luce. In salotto c'è una parete color indaco come il divano e sopra la televisione c'è una libreria che non vedo l'ora di riempire.

La camera è spaziosa e, se apri la portafinestra che c'è di fronte al letto, ti ritrovi su un balconcino minuscolo che si affaccia su una strada non troppo trafficata.

Se guardi alla tua destra, con un po' di fantasia, riesci addirittura a vedere il mare. Di sicuro puoi sentirne l'odore.

È una liberazione e allo stesso tempo un supplizio non dover più dormire nel nostro letto, non essere più costretta a fare la doccia nel nostro bagno e non dover più pulire il pavimento sul quale una volta o cinque abbiamo fatto l'amore.

È una consolazione e allo stesso tempo una tortura sapere che questa casa non ci vedrà mai insieme.

Ho già sistemato tutte le mie creme, i miei trucchi e i miei vestiti.

Stasera ho voglia di suonare una canzone allegra e a causa di questo desiderio mi sento quasi in colpa nei tuoi confronti.

Dopo, comunque, credo che farò in modo di addormentarmi lasciandoti un po' di spazio nel caso in cui ti venisse voglia di correre a sdraiarti accanto a me.

14 giorni dopo la fine

Tutti mi dicono di fare qualcosa, qualsiasi cosa.

Mi dicono di uscire, di non chiudermi in me stessa, di non perdere troppo tempo a piangere per te, che non ne vale mica la pena. Ma cosa ne sanno loro? Cosa ne sanno dei tuoi abbracci improvvisi mentre cucinavo, di quella volta che hai pianto in macchina ascoltando quella canzone di Elvis che tuo padre cantava sempre a tua madre quando eri piccolo.

Mi dicono che in fondo non mi meritavi nemmeno, come se i sentimenti fossero una questione di merito.

Se è per questo, vorrei rispondere io, credo di non aver mai ucciso una formica, forse nemmeno una zanzara, chiedo sempre "scusa" e "per favore", sorrido a tutti, anche a quelli che non mi sorridono mai; sono gentile e educata, e se qualcuno mi fa del male volontariamente io lo perdono a prescindere, perché a questa cosa qui che le persone a volte siano cattive per scelta non ci ho mai creduto. Allora, dov'è la mia stella?

Perché me la meriterei parecchio. Eppure.

Mi dicono d'iscrivermi in palestra, a un corso di pittura, di partire per un viaggio, di voltare pagina. Mi dicono di buttarmi nelle novità, di lasciarmi andare, di godermi tutta questa libertà.

Io annuisco per non deluderli.

La verità, però, è che io non ho più voglia di fare niente. Non ho più voglia di lavarmi i capelli, di truccarmi, di abbinare i colori dei vestiti che indosso. Non ho più voglia di ascoltare gli altri, di ascoltare la musica, di essere carina.

La mia tristezza sembra voler andare di pari passo con il mio aspetto esteriore, come se questa assenza non potesse passare inosservata, come se questa sofferenza sgomitasse per conquistare tutto di me. Anche la mia faccia, anche la mia pelle.

Anche il mio corpo.

E lo so che sono ridicola. Lo so.

Lo so che la maggior parte delle persone trova sciocchi quelli che stanno male per più di tre giorni dopo la fine di una storia.

Le lacrime sono un lusso che soltanto i bambini e gli adolescenti possono permettersi, la tristezza è concessa solo a tempo determinato, altrimenti diventa incomprensibile per chi la osserva.

Morto un papa se ne fa un altro, no?

E quando si chiude una porta si apre un portone, giusto?

E ancora "non ci pensare più", "che vuoi che sia?", "ci siamo passati tutti".

Insomma dài, tutto questo... per amore?

Ebbene sì.

Lo so che le tragedie sono altre, ma la mia tragedia è questa.

Voglio che chiunque, guardandomi, possa capire quello che mi è successo.

Ti ho perso.

Ti ho perso.

Non posso stare in mezzo alla gente, non posso smettere di piangere, non posso imparare a fare qualcosa di nuovo, non posso partire.

Devo soffrire.

Voglio soffrire.

Voglio andare a fondo per capire se anche da lì l'unica cosa che continuerò a vedere saranno i tuoi occhi.

In questi giorni mi capita spesso di fare un gioco che facevo quando ero piccola.

È il gioco delle sfide con se stessi.

Non ti ho mai chiesto se lo facevi anche tu. Ci sono troppe cose che non saprò mai di te, e questo mi riempie di rabbia, tanto che vorrei spaccare il quadro di Degas appeso sopra al divano: c'è questa ballerina che fa un inchino con un mazzo di fiori in mano e io la odio perché mi piacerebbe che al posto suo ci fossi tu. Comunque.

Quando ero piccola pensavo:

"Se adesso riesco a trattenere il respiro per sessanta secondi la mamma mi vorrà bene per sempre."

E ancora:

"Se riesco a camminare sulle punte per cento secondi allora la bambina con le trecce bionde mi chiederà di giocare con lei."

Mi ripetevo: "Non mollare, non mollare, se ce la farai poi sarai finalmente felice".

Una volta ho provato addirittura a contare le stelle. Era per una giusta causa.

"Se riesco a contare tutte le stelle che ci sono in cielo allora io, il babbo e la mamma andremo a Euro Disney."

Contavo, contavo, mi sbagliavo e ricominciavo. Passai quasi tutta la notte affacciata alla finestra e non m'importava niente che fosse inverno, delle mani congelate e del naso che colava.

Due giorni dopo mi venne la febbre a trentanove.

Ma ne valse la pena perché la primavera seguente a Euro Disney ci andammo davvero.

I miei genitori avevano paura di volare, così partimmo con la vecchia Croma bianca di mio padre carica di bagagli. Saremmo stati via solo tre giorni, ma per chi non fa mai una vacanza tre giorni equivalgono a tre anni, per questo mia madre decise di mettere in valigia perfino il costume.

«Non si può mai sapere» diceva trotterellando allegra da una parte all'altra della casa.

Fu un viaggio meraviglioso. Iniziò che già si era fatto buio e in dodici ore di macchina ascoltammo tutte le cassette di Battisti e di Guccini. Parlammo di tutti i miei compagni di classe e prendemmo in giro quelli più antipatici che non mi facevano mai giocare. Mio padre inventò perfino per loro dei soprannomi per niente gentili.

Quando arrivammo a Parigi era ormai mattina. C'era un sole timido e tutti gli alberi ai lati delle strade erano in fiore.

Di quei tre giorni ricordo come se fosse ora il vago senso di disagio che provavo quando mia madre mi spronava ad abbracciare Topolino o Paperino per fare una foto, la ragazza coraggiosa che ballava con i pattini le canzoni di *Grease* sul tavolino di un bar e la sensazione di sicurezza che mi avvolgeva quando mio padre e mia madre camminavano tenendosi per mano. Quando tornammo decisi di smettere di fare quel gioco sciocco. Ormai avevo tutto quello di cui avevo bisogno: il portachiavi di Minnie, il peluche della Sirenetta e la complicità dei miei genitori.

Ero una bambina felice e finalmente avevo capito che l'amore che gli altri provavano per me non poteva dipendere soltanto dai miei sforzi, dalle mie piccole magie, dai miei assurdi sotterfugi, dalla fortuna.

L'avevo capito, è vero. Avevo imparato la lezione, ma adesso delle lezioni che ho imparato non m'interessa più niente.

Devo provarle tutte. Devo provare anche questa.

Così ho ricominciato a sfidare il tempo e il destino, sempre che sia davvero tutto già scritto per ognuno di noi.

"Se per tornare a casa ci metterò meno di dieci minuti allora lui tornerà da me."

E: "Se guardo l'orologio e sono le undici precise allora mi ama ancora".

E poi: "Se riesco a correre per più di trenta minuti senza fermarmi, lui non ha ancora fatto l'amore con nessun'altra", e non sai che nervoso quando non ci riesco. Non lo sai.

Che ingenua che sono. Infantile e insopportabile. Probabilmente sto diventando pazza o forse lo sono sempre stata e nessuno ha mai avuto il coraggio di dirmelo.

Però pensavo una cosa.

Se per almeno tre giorni smettessi di fare questo gioco mi verresti a prendere?

Potremmo andare al mare e far finta che non sia finita.

Stasera sono uscita per te.

Di venerdì sera, ho pensato, sarà sempre al solito posto con i soliti amici.

Mi sono messa un bel vestito parecchio corto e mi sono truccata con cura. Mi sentivo euforica.

Ho pensato: devo essere perfetta, così se mi vedrà non mi potrà resistere. Lo farò morire di gelosia. Di rimpianti. Di desiderio.

Ho messo il rossetto rosso e un paio di scarpe tacco dodici con le quali non so nemmeno camminare.

Ho messo gli orecchini più brillanti della mia scatola di gioielli sperando che mi aiutassero a catturare la tua attenzione. Quando mi sono guardata allo specchio il risultato era sbalorditivo. Non sembravo nemmeno io.

Ero bellissima, stasera. Non so come mai, ma l'infelicità mi dona. È una cosa assurda.

Sono uscita con una mia compagna di scuola delle superiori. Era da tanto che non ci vedevamo. Le ho raccontato tutto e le ho chiesto di darmi una mano.

«Possiamo andare lì? Possiamo andare dove va sempre lui?»

Era titubante, non voleva che vederti potesse farmi ancora più male.

Le ho spiegato, allora, che niente può farmi più male del fatto che non mi ami più. Che ho superato il confine del dolore già da un pezzo.

Mi ha accompagnato.

Quando siamo arrivate mi guardavano tutti. Improvvisamente mi sono sentita sciocca e fuori luogo.

Ho visto tutti i tuoi amici, tutti. Alcuni mi hanno salutato. Uno mi ha anche detto: «Ti vedo bene». Un punto per me, evvai!

C'era mezzo mondo perché (l'ho scoperto dopo) era il compleanno di uno dei proprietari.

C'era mezzo mondo, solo che tu non c'eri.

Abbiamo fatto mille giri per esserne sicure, ma alla fine ci siamo dovute arrendere.

Ti ho aspettato. Sono rimasta a parlare con la mia amica fino alle due nella speranza di vederti arrivare, ma non sei mai arrivato.

Non c'eri.

Io ero lì per te, solo per te,

ridicola, certo,

distrutta,

ma pronta a perdonarti.

Io ero lì per te e tu non c'eri.

Ti vorrei telefonare e ti vorrei chiedere come stai perché io non la sopporto questa cosa che non posso sapere come stai.

Ti vorrei telefonare e ti vorrei chiedere se pensi mai di tornare.

"Pensi mai di tornare?" ti vorrei chiedere questo.

Ti vorrei telefonare e senza dire nemmeno "pronto" ti vorrei dire che sono io, sono ancora io, e che tu, a non essere più tu, ci hai messo troppo poco. Avresti dovuto avvertirmi. Avresti dovuto concedermi più tempo. Mi sarei preparata. Mi sarei fatta bella. Mi sarei finta forte. Ti vorrei telefonare perché mi è tornata in mente quella volta in cui eravamo al mare e mi hai regalato tutti i braccialetti portafortuna colorati. Uno per l'amore, uno per i soldi, uno per la salute, uno per la famiglia. «Non ti deve mancare niente» dicesti. Ora hai cambiato idea?

Te lo volevo chiedere, ma magari stai dormendo. Magari stai lavando i piatti.

Come sono ottimista!

Magari le stai toccando le gambe. Magari la stai immaginando. Forse l'hai vista qualche mese fa, proprio mentre eri con me. Forse non era nemmeno tanto bella.

L'importante era che non mi assomigliasse. E non mi assomigliava, vero?

Era elegante? Aveva un bel sorriso o un sorriso così e così, di quelli che a metà si nascondono perché si vergognano? Io vorrei che dopo di me ti innamorassi di una con un sorriso bello. Ti vorrei telefonare e ti vorrei dire anche questo, ma prima ti vorrei chiedere di nuovo se pensi mai di tornare.

Magari la prima volta hai risposto d'impulso, magari l'imbarazzo. "Pensi mai di tornare?" E se mi dovessi per caso dire di sì mi sa che la cosa di quelle col sorriso bello non te la dico.

29 giorni dopo la fine

Odio il sole.

Odio il mare e l'estate che sta per arrivare.

Odio tutte le ragazze. Anche quelle che non ho mai visto. Anche quelle che non conosco. Odio tutte le ragazze del mondo. Sono tutte speciali. Tutte più speciali di me.

Potresti innamorarti di ognuna di loro. Ognuna ha qualcosa di particolare, qualcosa che io non ho. Odio i loro capelli lucenti, le loro labbra rosa. I loro profumi. Le loro voci. Il loro passato. Le loro mani piccole e decise. Le loro gambe lunghe. I loro occhi grandi e limpidi. Il loro trucco perfetto. Le loro frangette spettinate. La loro pelle liscia. Il loro nasino all'insù. Le loro lentiggini. Il loro sedere sodo. Il loro modo di muoversi. La loro eleganza. La loro sfrontatezza.

Stamattina ne ho vista una che sono sicura ti sarebbe piaciuta tantissimo. Aveva i capelli rossi naturali e la bocca carnosa. Camminava sicura di sé ed era sexy anche se indossava una tuta.

Era bella e io ho pensato tutto il pomeriggio e anche tutta la sera ai tuoi occhi su di lei, tanto che ora mi bruciano le guance.

Odio i fiori, i ragazzi che si amano e si baciano sulle panchine in piazza Mazzini.

Non voglio amare mai più se amare vuol dire provare indifferenza per tutto e per tutti, tranne che per te.

34 giorni dopo la fine

Come quando abbracci qualcuno e non ce la fai a smettere perché lo sai che. Lo sai. Come quando qualcuno ti tocca e tu crolli nemmeno fossi un castello di carte, come quando qualcuno ti chiede se va tutto bene proprio quando va tutto male. Mica una cosa sola, mica una cosa alla volta: tutto.

Come quando è domenica e ti vedi con qualcuno tanto per non guardarti dentro. Come quando fai un sogno bellissimo e poi ti svegli e capisci che non era vero niente, come quando "non ti amo più" ma tu ami ancora tanto; come quando qualcosa finisce, ma a finire ci mette un po' troppo e ti consuma il viso, le dita, i capelli, la bocca. Come quando prendi un caffè con qualcuno che hai amato tanto e non ti ricordi più perché ti piaceva, come quando ti senti invincibile e poi inciampi. Come quando un posto in cui ti sentivi a casa improvvisamente ti fa sentire a disagio. Come quando d'estate i ragazzi si innamorano e si promettono che si scriveranno, ma poi dimenticano di farlo.

45 giorni dopo la fine

Non sento più niente.

56 giorni dopo la fine

Chissà se i miei occhi sono davvero come li vedo riflessi negli specchi, chissà se è giusto inseguire un sogno a tutti i costi, chissà dove sei, chissà se quando moriamo ci rendiamo conto che le nostre opportunità sono finite, oppure continuiamo imperterriti a pensare che avremo altre occasioni per essere migliori, sì, "magari un altro giorno", chissà a cosa pensano le persone mentre tornano a casa, quando sono un po' più libere, chissà a cosa pensi tu, chissà come sarebbe la notte senza tutte queste luci, chissà perché sento di non appartenere a nessun luogo anche se ci sono almeno cinque o sei persone al mondo per cui farei di tutto, chissà cosa vuol dire invecchiare, chissà cosa vuol dire essere belli, chissà se ti ricordi, chissà perché i giornali escono di mattina e non di sera, chissà perché anche quando andava tutto bene mi sentivo soffocare, chissà perché mi sento soffocare continuamente, chissà se da un'altra parte, magari con te,
    chissà
se sarei davvero capace di essere felice.

Stanotte sono stata con un altro.

Con uno che non mi piaceva nemmeno.

Volevo farti un dispetto. Capisci?

Gira sempre tutto intorno a te.

Sono uscita con Diana e già a cena mi sentivo irrequieta.

Siamo state a una festa in piscina e, mentre lei chiacchierava con un tizio molto bello e molto snob, un ragazzo troppo ubriaco per aver cura di presentarsi e di provare a fare una buona impressione mi ha preso in braccio e si è tuffato in acqua.

Quando siamo riemersi lui rideva e mi prendeva in giro. Diana, che aveva assistito a tutta la scena, mi osservava preoccupata che potessi esplodere.

E in effetti aveva ragione a preoccuparsi, perché stavo per prenderlo a cazzotti.

Poi però, senza darmi il tempo di capire cosa stava per succedere, lui mi ha baciata.

Io avrei voluto divincolarmi, avrei voluto dirgli di smetterla, ma non ho trovato la forza di farlo.

Ho ricambiato il bacio.

È stato un bacio al sapore di rum e cloro. Un bacio diverso da quelli che mi davi tu. Un bacio prepotente, un bacio che se ne frega di tutto il resto: del passato, dei progetti per il futuro, delle ossessioni, delle paure, dei desideri.

Un bacio che mi ha fatto venire voglia di essere un'altra, almeno per una sera. Di perdere il controllo.

«Mi chiamo Enrico, e tu?» mi ha chiesto a un certo punto, come se davvero i nostri nomi in quel momento potessero avere importanza.

Gli ho risposto che mi chiamavo Ilaria. Lo sai che non sono brava a essere sincera con gli sconosciuti.

Enrico aveva delle belle spalle, era poco più alto di me e aveva un'espressione difficile da interpretare. Gli occhi erano glaciali. La sua bocca era caldissima.

Era turbo. Aveva capito che ero un bersaglio facile perché la sofferenza non si può nascondere nemmeno con un bel vestito e con un trucco fatto ad arte. La sofferenza è un invito a nozze per quelli che non hanno voglia di sforzarsi troppo per un po' di compagnia.

Ero debole e lui voleva divertirsi. Comunque non lo biasimo.

Mi metteva a disagio ma, nonostante questo, quando mi ha chiesto se volevo stare un po' da sola con lui io non gli ho detto di no.

Mi ha preso per mano e mi ha portato sul retro di quella villa enorme.

Non c'era nessuno.

Ci siamo asciugati un po' e poi, io appoggiata al muro e lui appoggiato a me, abbiamo ricominciato a baciarci.

Lui non ha perso tempo. Le sue mani erano ovunque e più mi toccava più mi bruciavano gli occhi.

Ma la vuoi sapere una cosa? Non ho pianto.

Mi sono concentrata su una stella, una stella dalla luce flebile, una stella poco luminosa, quasi invisibile ma,
pensavo,
pur sempre una stella.

Se almeno fosse maggio, se almeno fossi bella,
se almeno sapessi ballare, se almeno si vedessero le
stelle,
se almeno avessi un sogno,
se almeno tu fossi ancora qui,
se almeno la mia voce si sentisse dappertutto,
se almeno qualcuno mi amasse da morire,
da lontano,
in segreto,
da anni,
se almeno avessi paura solo delle cose brutte e non anche di quelle belle,
se almeno ci fosse silenzio per via di un bacio.

Da qualche parte ho letto che siamo quello che mangiamo. A volte ho trovato scritto che siamo i libri che leggiamo, quello per cui daremmo la vita e i sogni che abbiamo. Ho letto anche che siamo tutto quello che facciamo e diciamo, io invece credo che siamo tutto quello che abbiamo dovuto dimenticare, tutto quello a cui – per un motivo o per un altro – abbiamo dovuto rinunciare; tutto quello che non abbiamo, tutto quello che non abbiamo più.

Ho smesso di piangere.

Vado al lavoro, esco spesso, dormo poco.

Ho smesso di cantare e di leggere, di accarezzare la sabbia calda, di giocare con il gatto rosso che incontro ogni mattina sul pianerottolo.

Mi prendo cura della mia pelle, del mio corpo e dei miei capelli con meticolosità. Ogni mattina metto la crema, io che non ho mai avuto costanza in niente; un giorno sì e uno no vado a correre e ogni sera mi spazzolo i capelli con delicatezza come se la mia chioma che cresce lentamente fosse un tesoro da custodire.

Sono più bella, bella come non sono mai stata. Solo gli occhi sono un po' spenti, ma per questo non hanno ancora inventato un rimedio.

Voglio essere leggera, frivola; voglio indossare tutte le gonne che mi sono sempre vergognata di sfoggiare, voglio che mi guardino, voglio lasciarmi sfiorare da tutto senza permettere a niente e a nessuno di attraversarmi.

Certe notti, invece, non desidero proprio niente. Resto in camera e aspetto che suoni la sveglia. Lascio che il tempo passi senza la presunzione di poterne fare qualcosa di veramente utile.

Non sento più niente e mi va bene così. Niente gioia e niente dolore, solo quella vaga sensazione di disagio che si prova talvolta uscendo di casa, convinti di aver dimenticato qualcosa di importante, ma cosa?

Chissà che cosa.

Chissà.

Mi hanno detto che stai bene. Che sei in forma smaglian-te. Che esci spesso e che frequenti tutti altri luoghi rispet-to a quelli che frequento io. Ecco perché non c'incontria-mo mai. Me l'hanno detto come se fosse niente, come se ogni informazione ricevuta non mi rimbombasse ovun-que, sotto la pelle. Me l'hanno detto come se non sussul-tassi ogni volta in cui sento pronunciare il tuo nome. E lo sento ovunque. Si chiamano tutti come te, ultimamente.

Mi hanno detto che stai bene, come se ormai fosse scon-tato, come se fosse ormai un dato di fatto: "Non le fa più male". Il mondo ha deciso così, perché due mesi sono più che sufficienti per smettere di pensarci. O no?

C'è da fare, da lavorare, da parlare con le persone, da aspettare con impazienza il venerdì sera sperando di stu-pirsi ancora, almeno ogni tanto.

Tu ce la fai davvero? E come fai? Qual è il tuo segre-to? Mi sono dimenticata perché sei andato via. Mi sono dimenticata tutto. L'altro giorno, saranno state le sette di sera, ero seduta sul terrazzo e mi stavo mettendo lo smal-to quando ho visto passare un ragazzo che ti assomiglia-va tantissimo. Per un attimo ho creduto che fossi tu. Mi ha ingannato la luce, il suo modo di camminare così simile al tuo. Mi ha ingannato l'ossessione. La voglia di sfogare tutto l'amore che ero convinta di aver messo da parte. Mi sono alzata di scatto, ho fatto cadere la boccetta di smalto nero sulle mattonelle bianche e ho iniziato a correre per raggiungere quello che credevo fossi tu. Appena sono arrivata sul marciapiede mi sono accorta di essermi sbagliata, ho dato un pugno al muro e una signora in bicicletta mi ha guardato come si guardano i pazzi, come si guardano quelli che non hanno più speranze. Le nocche hanno iniziato a sanguinarmi.

Pensavo di essere più resistente. Pensavo che almeno un po' mi fosse passata, invece sono ancora al punto di partenza.

Seduta per terra di fronte alla mia porta spalancata con la mano dolorante e il cuore stanco ho capito di dover tornare indietro, di dover tornare da te, per poter andare avanti.

Ci siamo rivisti.

Mi ero stancata di essere una ex per niente ingombrante, di quelle che non assillano e non pretendono. Una di quelle che non chiedono e non fanno scenate.

Venerdì sera, invece di andare al cinema con Diana e altri amici, intorno alle otto e mezzo mi sono seduta di fronte alla porta di casa di tuo padre. Sapevo che eri lì perché c'era la tua macchina. Non potevo essere certa che saresti uscito, ma qualcosa dentro di me mi costringeva a rimanere ad aspettarti.

Non avevo ben chiaro cosa ti avrei detto, ma avvertivo la necessità di urlarti contro qualcosa, di rendere il nostro addio un po' più tangibile, di rovinarti almeno una serata visto che non potevo migliorare la tua vita.

Dopo un'ora abbondante, proprio nel momento in cui iniziavo a pensare che sarebbe stato meglio sparire, ho sentito le chiavi girare nella serratura e mi sono alzata di scatto.

Ci siamo ritrovati uno di fronte all'altra. Tu eri tutto scombinato, con i capelli in aria e la maglia sgualcita e io, siccome non potevo baciarti, ho iniziato a darti dei piccoli pugni sul petto. Piccoli, perché non volevo assolutamente farti male. Volevo solo una scusa per toccarti.

Tu allora mi hai bloccato i polsi e, appena ti sei accorto che la rabbia stava lasciando spazio al dolore, hai provato ad abbracciarmi.

Ti ho lasciato fare, ma non era un abbraccio caldo e non ho provato sollievo, stringendoti. Non mi sono sentita né compresa né confortata. Al contrario.

Ho avvertito lo squarcio che ho sul cuore diventare una voragine e mi sono resa conto che mi avrebbe inghiottita se non mi fossi liberata in tempo dalla tua presa.

All'improvviso mi è apparso nitido nella mente il motivo che mi aveva spinta a sopportare una pena talmente grande: volevo costringerti a prenderti le tue responsabilità; volevo una spiegazione.

Volevo "la" spiegazione, quella dalla quale non saremmo più potuti tornare indietro.

Per questo, dopo essermi allontanata da te, ti ho chiesto di dirmi che non mi amavi più.

Per questo, quando, dopo qualche interminabile minuto e con una freddezza inaudita, mi hai risposto che no, effettivamente no,

«Non ti amo più»

(che è un po' come tuffarsi da uno scoglio troppo alto e picchiare la pancia nell'acqua o come quando si fanno le scale e si arriva in fondo convinti che ci sia un altro scalino, invece no, e per la sensazione di vertigine si rischia di cadere),

ho pensato che potesse anche bastare così.

Tu, però, hai voluto aggiungere anche qualcos'altro.

«Me ne vado da Viareggio, tra qualche mese mi trasferirò a Torino. Mi sento soffocare anche quando guardo il mare. Ho bisogno di una rivoluzione.»

Mentre parlavi avevi lo sguardo perso nel vuoto, così ti

ho pregato di guardarmi in faccia e ti ho chiesto da quanto tempo stavi pensando di andare a vivere a più di trecento chilometri da me.

«Ho deciso in questi giorni, te lo giuro», e ti ha fregato la piega innaturale che prende la tua bocca ogni volta in cui dici una bugia.

Come se non ti conoscessi.

In quel momento ho smesso di essere dolce. Sapere che non avrei più potuto vederti nemmeno per sbaglio e sapere che, anche se fossi rimasto, non sarebbe cambiato niente non mi ha permesso di salutarti come avrei voluto.

So quanto siano importanti gli addii, quanto sia importante dare il giusto peso alle "ultime volte" o a quelle che crediamo tali, come se fossero rituali durante i quali, se sbagli qualcosa, dopo ricominciare diventa difficile il triplo. So quanto sia deleterio andarsene urlando, imprecando, lasciando nei ricordi dell'altro un'immagine distorta di quello che realmente siamo. Lo so, eppure ho fatto esattamente tutto quello che non si dovrebbe.

Ho urlato, ho imprecato, ho dato un calcio al marciapiede talmente forte che tra un po' ci lascio l'alluce e, senza ascoltarti oltre, ho raccolto tutte le mie illusioni, le ho caricate in macchina e ho messo in moto.

Al primo cassonetto per rifiuti indifferenziati mi sono fermata e le ho buttate via.

Per Anna, da Anna

Non ti vergognare per via di tutto questo dolore che stai provando. Non sentirti fuori luogo, fuori tempo, fuori moda.

Stai soffrendo per amore.

Ok, c'è di peggio e lo sappiamo tutti.

In ogni caso fa abbastanza male, quindi hai il sacrosanto diritto di essere triste. Di essere molto triste. Di essere triste al cubo. Hai il sacrosanto diritto di chiuderti in casa e di spegnere il telefono, di guardare film struggenti e di leggere libri pessimi che vanno rigorosamente a finire bene. Hai il sacrosanto diritto di piangere, di rimandare un appuntamento, di stare in silenzio o di parlare a sproposito di quello che è stato e che adesso non c'è più. Hai il sacrosanto diritto di arrivare in fondo al tuo dolore, di attraversarlo e di guardarlo in faccia senza ascoltare quelli che ti accusano di essere troppo sentimentale.

Non sei troppo sentimentale, non sei infantile e non sei ridicola. Sei soltanto onesta: al momento ti fa tutto ribrezzo, non c'è nessuno che riesca a catturare la tua attenzione e non credi più nemmeno alla luna. Al momento ti senti come una bambina che si è persa al supermercato e ha paura che la sua mamma l'abbia abbandonata lì.

Non credi esista una via d'uscita e ti aggrappi a chiunque riesca a farti dimenticare anche solo per venti secondi come ti senti. E ti senti male, anche fisicamente. Ti fanno male le ossa, i muscoli, la testa. Ti bruciano le labbra, la pelle e lo stomaco e non c'è medicina che possa aiutarti a stare meglio.

Allora sentiti libera di appassire, di spegnerti, di arrabbiarti e di ricominciare ogni volta che vuoi.

Non giustificarti con nessuno per i tuoi occhi gonfi e per i tuoi capelli spettinati. È faticoso amare senza essere amati. È logorante ricordare sapendo che a un certo punto la storia s'interrompe. Accetta di buon grado le carezze silenziose e gli abbracci timidi. Rifuggi l'arroganza e la presunzione.

Smetti di chiedere scusa per tutto quello che sei e che non sei.

UN INIZIO

Anna e Tommaso si sono visti per la prima volta una sera di luglio di quattro anni fa.

Lei quell'estate aveva preso l'abitudine di andare a leggere sul molo dopo cena. Si portava dietro un succo di frutta alla pesca e una barretta al cioccolato e si sedeva sul muretto sotto al lampione più luminoso, appoggiando i piedi sugli scogli.

Aveva un sorriso capace di nascondere ogni dolore e le piaceva tanto stare da sola. Non cercava l'amore come la maggior parte delle ragazze che conosceva. Voleva soltanto stare tranquilla, o almeno questo era quello che le piaceva pensare. Raramente si sentiva a suo agio in mezzo alla gente, e quando qualcuno le chiedeva il suo nome lei mentiva sempre: a volte diceva di chiamarsi Gaia, altre Francesca, come se rivelarlo fosse già di per sé una concessione troppo grande.

Dopo la fine del liceo non si era iscritta all'università. Le sarebbe piaciuto frequentare una scuola di canto, magari imparare a suonare meglio la chitarra. Avrebbe potuto provare anche con il pianoforte, sua madre però era da sola e, anche se tentava in ogni modo di non darlo a vedere, era spesso in difficoltà quando arrivava la fine del mese, così Anna aveva deciso di cercare un lavoro e di aiutarla.

Da un anno dava ripetizioni d'inglese e di matematica ai ragazzini delle medie e ogni tanto andava a servire ai tavoli di un bar in passeggiata all'ora di pranzo.

Lui durante l'inverno si era laureato in Architettura e aveva deciso di intraprendere la strada dell'insegnamento. A settembre sperava di iniziare con qualche supplenza e poi chissà. Intanto ogni pomeriggio lavorava come bagnino a Viareggio e quasi ogni sera, dopo aver mangiato con suo padre, prendeva la canna, montava in bici e andava sul molo a pescare. Era annoiato dalle feste e dalla musica troppo alta e, mentre tutti i suoi amici andavano in cerca di qualche conquista facile e di storie passeggere, lui iniziava ad assaporare il gusto dell'attesa. Talvolta passavano le ore e non se ne rendeva nemmeno conto. Osservava i pescatori più anziani, cercava di carpirne i segreti, ma ben presto si rese conto che non c'erano trucchi: l'importante, per riuscire in qualcosa, era avere pazienza, aspettare il momento giusto, saperlo riconoscere per poi buttarcisi di testa.

Era affascinato dalla lentezza dei loro movimenti, dal loro silenzio che raccontava storie incredibili, dalla poesia che emanavano senza esserne minimamente coscienti.

Quella sera, sarà stato un giovedì, faceva un caldo insopportabile che toglieva le forze, tanto che Anna non riusciva nemmeno a star dietro alle parole. Aveva chiuso il libro e l'aveva usato come cuscino, sdraiandosi sul muretto. Stava quasi per addormentarsi, cullata dall'aria umida che ogni tanto le arrivava dal mare, quando sentì del trambusto provenire da uno scoglio vicinissimo a lei. Aprì gli occhi infastidita per guardare cosa stesse succedendo.

Fu allora che lo vide, e immediatamente tutta la sua

rabbia svanì come per incanto: non era bello, questo forse no, ma brillava. Saltellava qua e là rischiando di finire nel mare. Aveva preso un pesce e, a giudicare dalla sua reazione, doveva essere il primo. Oppure doveva essere enorme. Rideva, rideva come se gli avessero appena detto di aver vinto alla lotteria. I capelli scuri leggermente schiariti dal sole che gli ballavano sulla fronte, le braccia lunghe e magre, i movimenti completamente scoordinati e un paio di occhiali da vista troppo grandi per il suo viso. Era goffo, ma allo stesso tempo ispirava sicurezza. Lei provò fin da subito l'irresistibile impulso di farsi abbracciare e di rivelargli il suo nome.

Almeno a lui. Soltanto a lui.

Tommaso, passata l'euforia del momento, quasi si vergognò di aver creato tutta quell'agitazione per via di un'orata minuscola e si guardò intorno preoccupato di aver disturbato qualcuno. Alla sua sinistra non c'era nessuno, alla destra nemmeno. Sul muretto dietro di lui c'era lei. Non l'aveva mai vista prima. Aveva i capelli tutti spettinati come se avesse appena finito di lottare contro il mondo e una bocca che perfino da lì si capiva che doveva essere morbidissima. Gli stava sorridendo. Gli stava sorridendo come se fosse bello.

"Deve essere ubriaca" pensò lui.

"Portami a ballare sulla spiaggia" pensò lei.

"Lei invece è bella davvero" pensò lui.

"Chissà se è uno stronzo" pensò lei.

Le sere successive (per l'esattezza sette) Anna e Tommaso uscirono di casa con una speranza. Senza essersi dati un vero appuntamento ogni sera iniziarono a incontrarsi lì, sotto al lampione più luminoso del molo. Lei provava a leggere, ma la verità era che non aveva più voglia di rifugiarsi in altre vite così diverse dalla sua.

Voleva osservarlo, non riusciva a trattenersi. Lui provava a concentrarsi sul mare, ma era distratto. Arrivava sempre almeno mezz'ora prima di lei e finché non la vedeva apparire non riusciva a stare tranquillo.

Lei, seduta sul muretto dietro di lui, pensava: "Girati, girati ora che mi sto toccando i capelli e che ti posso offrire il mio profilo migliore".

E spesso lui, come se potesse sentirla, si girava davvero.

Lei fingeva di non accorgersi che la stava guardando, ma qualche volta i loro sguardi s'incrociavano senza che nessuno dei due avesse la possibilità di difendersi in alcun modo.

La settima sera Anna sembrava non avere la minima intenzione di presentarsi.

Forse aveva da fare, forse stava con qualcuno: queste

erano le ipotesi di Tommaso che, verso mezzanotte, non vedendola arrivare iniziò a sistemare tutte le sue carabattole per tornare a casa.

Si muoveva lentamente, come se volesse concederle più tempo. Magari arriva, pensava, e che bello è quando la realtà supera di gran lunga le tue aspettative. Non succede quasi mai, ma quando succedeva era più o meno così.

Lei arriva di corsa in bicicletta e a malapena riesce a frenare. Lui è seduto sul muretto, al posto che di solito è occupato da lei, e si capisce che la sta aspettando.

Lei raccoglie tutto il suo coraggio e gli si siede accanto. Per qualche minuto che sembra un'eternità rimangono in silenzio a fissare l'oscurità.

Poi lui dice qualcosa come: "Pensavo che non venissi più", e sono così vicini che riesce a sentire il calore che emana la pelle di quella ragazza così diversa da tutte le ragazze che ha conosciuto in passato.

Lei arrossisce e si scusa per il ritardo con un sorriso che sembra preannunciare la fine del mondo.

O il suo inizio.

«Io odio il mare.»

Tommaso non le chiese niente, si limitò a guardarla con uno sguardo che sembrava implorarla di continuare.

«Odio il mare» riprese allora lei «perché è libero, troppo libero. Lo invidio, non lo sopporto. È come vorrei essere, è come non riuscirò mai a diventare. Mi sento in trappola, e la mia trappola sono io. Quando mi arrabbio, quando sono contenta, quando sono preoccupata o quando sono triste la mia faccia è sempre la stessa. Non cambia mai. Il mare si muove continuamente, non si ferma mai, invece io sono immobile. I miei pensieri lo sono. Non mi sposto per non fare danni, per non creare problemi e intanto brucio e mi consumo senza illuminare niente. Odio il mare e tutte le persone capaci di andar via, tutte le persone che riescono a prescindere da quello che sono state, dai luoghi in cui sono cresciute, da...»

S'interruppe consapevole di aver detto troppo, si mise una mano tra i capelli, e si stiracchiò alzando le braccia, come se con le sue mani potesse spingere via verso il cielo quelle parole assurde. Alla fine scoppiò a ridere e sembrava quasi che una parte di lei fosse davvero riuscita a prendere il volo per andare chissà dove.

Tommaso, davanti a tutta quella spontaneità, a tutta quell'inconsapevole bellezza, provò qualcosa di molto simile alla gratitudine.

La ringraziò senza spiegarle come mai.

«Grazie», e di botto Anna smise di ridere. «A me il mare piace tanto. È come un promemoria: mi ricorda di non pormi dei limiti. Mi ricorda di giocare, di non prendermi troppo sul serio, di non investire tutto in quei castelli di sabbia che ho tirato su con tanta pazienza, perché da un momento all'altro un'onda potrebbe distruggerli.

Quando ero piccolo mio padre mi portava a camminare sulla spiaggia, quando non doveva lavorare. Camminavamo per ore. Io ogni tanto provavo a dire qualcosa di intelligente, qualcosa che lo colpisse, ma lui mi prendeva per mano e si dimenticava di rispondermi. Guardava verso l'orizzonte e mi sembrava contento, allora io mi limitavo a stargli accanto in silenzio.»

Mentre Tommaso parlava cadde una stella. Anna la vide ma non disse niente, di nascosto però le chiese un po' di serenità. Un po' di coraggio.

Poi decise di raccontargli qualcosa che non aveva mai detto a nessuno.

«Mio padre è morto giovane, aveva quarantatré anni e nemmeno un capello bianco. A volte ci parlo. Non fraintendermi: non credo ai fantasmi e non mi chiudo nelle case abbandonate per fare sedute spiritiche, solo che a volte percepisco intorno a me qualcosa di diverso. Una farfalla dai colori più accesi, un albero che non avevo mai notato prima su una strada che percorro da anni, una coccinella insistente che vuol rimanere attaccata alla mia mano.»

Rimase in silenzio per qualche minuto mentre Tommaso le stringeva le mani.

Poi, ridendo e piangendo allo stesso tempo, aggiunse:

«Anche a lui piaceva tanto il mare.»

Era inevitabile.

Ci sono storie che, nonostante tutto l'amore e l'impegno possibili, non ce la fanno. Ci sono storie che fin dall'inizio si capisce che non potranno che andare a finire male perché per ogni bacio e per ogni giorno colorato ci costringono a una fatica immane. Ci sono storie in cui non si fa altro che lottare contro un passato troppo ingombrante, ritrovandosi inevitabilmente a perdere.

Poi ci sono le altre storie, quelle che sembrano essere, appunto, inevitabili. Il mondo pare cospirare per farle nascere e tutto avviene in maniera estremamente semplice. Non si deve chiedere né pretendere, non si deve piangere né aspettare: ci ritroviamo già tutto tra le mani senza il minimo sforzo. Per qualche tempo ci aggiriamo per le strade increduli, perché lo sappiamo che ogni cosa ha il suo prezzo, ma dopo un po' ci convinciamo che forse non è sempre necessario pagare per amare ed essere amati.

La loro storia era una di quelle storie lì. Dopo quei primi incontri strampalati non si erano nemmeno scambiati il numero di cellulare, eppure – pur non potendosi mettere d'accordo su dove e quando rivedersi – iniziarono a incontrarsi ovunque. Una mattina Anna andò a fare la spesa e, una volta in fila alla cassa, notò che il ragazzo di fronte a lei aveva un'aria familiare: era Tommaso.

Gli picchiettò la spalla con un dito e lui si voltò di scatto. Sembrava contento e stupito di vederla.

«Ciao, ragazza dei libri!» la salutò allegro.

«Ciao pescatore!» rispose lei senza riuscire a contenere l'entusiasmo.

Un pomeriggio, mentre controllava il mare piatto cercando con tutte le sue forze di non addormentarsi, Tommaso la vide passare sulla spiaggia. Camminava a passo svelto e a testa bassa. Aveva i capelli spettinati come la prima volta in cui l'aveva vista e stringeva i pugni come se volesse trattenere a tutti i costi un pensiero. O come se volesse combatterlo.

Era abbronzata, ma non troppo, e aveva un corpo dolce e armonioso che sotto i vestiti non si riusciva nemmeno lontanamente a indovinare.

La chiamò una, due, tre volte. Solo alla terza lei capì che qualcuno la stava cercando.

Si tolse le cuffie dalle orecchie e lo raggiunse quasi correndo.

«Ciao Tommaso, scusami... stavo ascoltando la musica!»

Lui all'improvviso aveva dimenticato come si faceva a parlare. Averla così vicina lo confondeva. Avrebbe voluto infilarsi tra le sue canzoni, tra i suoi pensieri, tra i suoi ricordi. Tra le sue gambe. Avrebbe voluto chiederle di sedersi lì accanto a lui, di rimanere. Almeno per un'ora. Almeno per un giorno.

Invece disse soltanto:

«Ti sta molto bene questo costume», e lo disse senza riuscire nemmeno a guardarla negli occhi.

Lei si sentì avvampare perché era come se lui le avesse chiesto di spogliarsi proprio lì, di fronte a tutti.

Dopo quella sera si trovarono al bar a fare colazione, al cinema per vedere uno di quei film horror che escono d'estate e che non fanno mai paura come promettono; si incontrarono di fronte al bancone di un pub aperto da poco e ben presto, parlando, scoprirono di essere anche quasi vicini di casa.

Non si erano mai visti prima eppure all'improvviso tutto sembrava suggerire loro di stare insieme.

Una delle numerose volte in cui si incontrarono per caso, Tommaso sentì di aver bisogno di recuperare un po' di controllo su questo caos di occhiate e di battute, di parole non dette, di sorrisi e di occasioni perse e per questo chiese ad Anna di uscire con lui.

Avevano la stessa aria trasandata, come se chissà quale sentimento non gli lasciasse il tempo di prendersi troppo cura del loro aspetto. Erano entrambi pacati, ma i loro silenzi nascondevano spesso delle lotte interiori estenuanti.

Lei odiava il Natale, lui lo adorava. Lei amava muoversi, lui andava pazzo per il divano. Lui non si vergognava di niente e lei aveva paura di tutto. Erano due lupi solitari che insieme dimenticavano di amare la solitudine. Lui si fidava di tutti, lei non si fidava di nessuno, però facevano attenzione alle stesse identiche minuscole cose: un fiore nato dove non te l'aspetteresti mai, i "grazie" e i "buongiorno", l'odore del bucato appena steso, le lumache che lentamente cercano di attraversare la strada e le belle canzoni che raramente passano alla radio.

Per certi versi, guardandoli, si sarebbero potuti confondere con due bambini dalla faccia stanca, costretti a prender parte a un gioco dal quale avrebbero preferito tirarsi indietro.

Era come se si fossero riconosciuti.

Per il loro primo appuntamento "ufficiale" Tommaso andò a prendere Anna con il suo motorino sgangherato e la portò a mangiare un panino su una panchina dalla quale si intravedeva il mare.

Nessuno dei due amava i ristoranti e le formalità, entrambi amavano la birra.

Anna prima di uscire aveva cercato di domare i suoi capelli mossi con scarsi risultati e aveva provato tutto quello che aveva nell'armadio. Alla fine aveva scelto un vestito nero semplice che la faceva sentire tranquilla. Si era spruzzata una dose doppia del suo profumo preferito, quello che usava solo per le grandi occasioni e, di fronte allo specchio, aveva sperimentato almeno trenta diversi tipi di espressione per non farsi cogliere impreparata.

Tommaso aveva stirato la camicia più bella che aveva, aveva rimesso a lucido i suoi occhiali neri senza i quali non vedeva nemmeno dove metteva i piedi ed era rimasto a fissare per dieci minuti la sua barba da ragazzino riflessa nello specchio pensando se fosse il caso o no di tagliarla. Poi, dopo aver deciso di lasciarla lì dov'era, era uscito e aveva raccolto un soffione dall'aiuola di fronte a casa sua per regalarlo a lei. In motorino aveva cercato di non far volare via tutti i semi e, una volta arrivato, si vergognò di quel fiore strambo e ormai quasi "nudo" che le aveva portato.

Anna non era un'amante delle rose recapitate a casa o dei mazzi di fiori comprati per mostrarsi romantici a tutti i costi per poi fregarti alla prima occasione buona, ma vederlo seduto su quella specie di bicicletta rossa con il motore, con in mano quel che rimaneva di un soffione, le fece allargare il cuore e le fece pensare di poter esser dolce senza dover per forza piangere.

Quella sera dichiarò di non essere assolutamente pronta per una storia ma, guardando la luna di soppiatto, sperò con tutte le sue forze d'innamorarsi.

«Non ho nessuna voglia di diventare il centro del mondo di qualcuno, di dipendere dall'umore di un'altra persona. Non ho bisogno di essere presa per mano per andare avanti. Ce la faccio benissimo da sola» affermò con voce inespressiva.

Eppure, mentre pronunciava queste parole, sentì qualcosa dentro crollare. Provò un dolore lancinante all'altezza del petto. Cercò di ricordarsi come respirare e sperò con tutte le sue forze di non doversi subito mostrare fragile come si sentiva. La verità era che non ce la faceva più. Era sola da tutta la vita. Certo, c'era stato qualcuno che le era piaciuto e lei era piaciuta a qualcuno, ma non aveva mai smesso di essere sola. Di sentirsi sola. Era esausta per via di tutti quei sogni a occhi aperti per niente esigenti che faceva ogni sera prima di dormire e che non si realizzavano mai, per via di tutto quello che negli anni si era vista scivolare via tra le dita senza poter fare niente per trattenerlo. Era stanca, ma nonostante questo non riusciva ad ammetterlo. Sarebbe bastata una frase, quattro parole, poche lettere:

"Ho bisogno d'amore."

Pensava che dirlo l'avrebbe resa una preda facile, che l'avrebbe resa ancora più vulnerabile e questo non poteva proprio permetterselo.

Lui, fissando l'erba bruciata dal sole troppo caldo di quei giorni di luglio, le confessò di non essere mai rimasto accanto a nessuna ragazza per più di qualche settimana, un po' per mancanza di tempo, un po' perché era un tipo soggetto ai facili entusiasmi e alla noia. E poi c'era sua madre che l'aveva combinata grossa.

«Mia madre è andata a vivere in Francia con un uomo più giovane di lei quando io avevo dodici anni, lasciandomi da solo con mio padre. Mentre tutti i miei amici passavano i pomeriggi a baciare le loro ragazze e a spendere i pochi spiccioli che avevano in sala giochi, io dovevo imparare a fare la lavatrice, a stirare e a cucinare qualcosa di decente perché mio padre usciva presto la mattina per andare a lavorare e tornava tardi la sera sfinito. Non so come, e a ripensarci adesso mi sembra impossibile, ma in qualche modo ce la siamo cavata.

Appena mi sono diplomato ho fatto una ventina di lavori per poter frequentare l'università e ora eccomi qui: laureato e disoccupato.»

Si mise a ridere, ma si capiva che la sua era una risata malinconica, e Anna gli rivolse il sorriso più sincero di cui fosse capace.

Non si baciarono, un po' perché erano spaventati, un po' perché sentivano di avere tempo, tutto il tempo che volevano. Si tennero per mano, quello sì; con le mani si baciarono parecchio e probabilmente fecero anche l'amore.

Dopo essere rientrati nelle loro rispettive case rimasero appoggiati alla porta d'ingresso guardando in aria e sospirando per almeno un quarto d'ora, con la consapevolezza di aver fatto centro, di aver fatto colpo, di aver vinto; con l'incontenibile euforia di chi si rende conto di trovarsi a un passo dall'essere finalmente felice.

Di tempo, in effetti, ne ebbero tanto, anche se non proprio tutto quello che avevano immaginato.

Ebbero tempo per ballare delle canzoni anni Settanta, sudando e ridendo come pazzi. Ebbero tempo per fare l'amore in un prato, per giocare a nascondino in casa, per raccontarsi di tutte quelle volte in cui avrebbero voluto che succedesse qualcosa e invece poi era successo tutt'altro, per raccontarsi di tutti quelli che gli mancavano senza rimedio. Ebbero tempo per abbattere ogni barriera, per intrufolarsi l'uno nell'universo dell'altra.

Alcune persone restano nella nostra vita solo per la parentesi di un bacio o di uno scambio di opinioni di fronte a un giornale, per farci incazzare in fila alle poste e per risvegliarci con un "buongiorno" mentre siamo assorti nei nostri pensieri, e non possiamo fare nulla per trattenerle, anche quando ci piacerebbe, perché è il giusto andamento delle cose: certe persone vanno e vengono. Poi però ci sono anche gli altri, quelli che a un certo punto non ci ricordiamo nemmeno da dove sono arrivati perché sembra che ci siano sempre stati, quelli che non vanno da nessuna parte, quelli che entrano nella nostra vita e fanno di tutto per rimanerci, perché non si sa come né perché, nella nostra vita ci si trovano parecchio bene, magari addirittura meglio di noi.

Così poteva capitare di sentir Tommaso cantare (anche se era stonatissimo) mentre Anna provava a disegnare. Si scambiavano i ruoli ma comunque si divertivano, le giornate scorrevano più fluide e il mondo era finalmente diventato un luogo adatto a loro. L'importante era che fossero vicini.

Tommaso odiava vederla scappare ogni sera per tornare a casa, così un giorno, dopo pochi mesi che la conosceva, senza troppi preamboli e con la faccia più seria che aveva, le disse:

«Il fatto è che di notte mi rigiro spesso nel letto perché non mi sei accanto. Dormo poco e male da quando mi sono innamorato di te. Odio il pensiero che non ti addormenti mai sul mio cuore. A volte mi affaccio alla finestra e mi chiedo come sarebbe se a guardare il cielo insieme a me ci fossi anche tu, mi chiedo cosa avresti da dire riguardo alla luna perché tu hai sempre qualcosa da dire riguardo a tutto e mi chiedo anche se mentre cucini ti capita mai di cantare. Quando mi sveglio mi ritrovo a pensare alla tua faccia di mattina, a come si trasforma la tua pelle durante il sonno. Io vorrei vivere con te, Anna. Vorrei cenare con te e parlarti mentre ti fai la doccia pensando che hai un sedere da dieci.

Lo so che forse siamo troppo giovani, lo so. So che ci conosciamo da poco. So tutto, ma non mi importa niente. M'importa solo di te.

Vorresti vivere con me?»

L'immagine di loro due che parlavano dopo una giornata pesante, lei nuda sotto la doccia, lui appoggiato al lavandino con le mani nelle tasche dei jeans, riempì Anna di una gioia inaudita.

Qualcosa di semplice non sarebbe stato meraviglioso? Qualcosa che non dovesse necessariamente far male per farsi sentire? Avere qualcuno accanto che ogni giorno si sarebbe accorto di lei e che si sarebbe preso cura dei suoi occhi senza che lei si dovesse sforzare per mostrarsi migliore?

Sì, lo voleva.

Una notte, dopo aver fatto l'amore.

«Scusa se piango» disse Anna con imbarazzo, cercando di coprirsi alla meglio con le lenzuola a fiori azzurri e rosa che le aveva regalato sua madre.

Il giorno in cui le aveva annunciato che sarebbe andata a vivere con Tommaso, sua madre le aveva preso quelle lenzuola dal ripiano dell'armadio in cui custodiva la biancheria buona, quella a cui teneva di più, e gliele aveva sistemate in un sacchetto. Dentro, sentiva di crollare, perché in tutti quegli anni passati da sola con i suoi figli Anna era diventata la sua roccia, la sua linfa vitale.

Comunque si sforzava di sorridere.

«Sono contenta. Tanto contenta. Te la caverai come sempre, non aver paura» le disse con il sacchetto in una mano e il cuore nell'altra.

«Piango» riprese Anna guardando Tommaso «perché prima di fare l'amore con te mi lasciavo baciare soltanto per sentirmi dire che ero bella. O almeno carina. Mi lasciavo toccare perché pensavo che l'insicurezza si potesse curare con le carezze.

Per qualche tempo ho usato il mio corpo per cercare di farmi volere almeno un po' di bene, per sentirmi meno sola.

Pensavo di non avere altri mezzi per attirare gli altri. Mi sentivo scialba. Insignificante.

Ero affamata di complimenti, di attenzioni. In quegli squallidi scambi di saliva cercavo delle certezze che però non arrivavano mai.

L'effetto placebo durava soltanto pochi minuti: in realtà nessun "sei bellissima" era mai abbastanza per me.

Non ci credevo.

Fingevo di godere e intanto dentro mi sentivo svanire.

Volevo solo essere accettata. Tutto quello che facevo, tutto quello che dicevo e che non dicevo, tutto quello che concedevo di me stessa era finalizzato a farmi accettare dagli altri.

Adesso, però, è diverso.

Io sono diversa: mi pento ancora di tutti quei baci, ma finalmente mi perdono.

Con te è diverso: a te ci credo, perché tu, che sono bella, non me lo dici soltanto mentre mi muovo lentamente sopra di te.

Me lo dici continuamente. Me lo dici soprattutto quando ti sembro contenta. Quando mi sporco tutti i vestiti con il gelato. Quando parlo di mio padre. Quando faccio qualcosa che mi piace. Me lo dici quando mi arrabbio e lotto per qualcosa in cui credo. Quando so di non essere bella per niente.

E questo mi fa piangere.

Tanto.»

Tommaso, pur conoscendo Anna da poco più di un anno, sapeva quasi tutto di lei, o almeno questo era quello che gli piaceva pensare: sapeva che si addormentava con difficoltà, che non sopportava le persone piene di sé, che la sua pelle profumava sempre di fiori d'arancio (anche dopo un'intera giornata passata fuori); sapeva che abbracciare le costava fatica, che non era assolutamente in grado di ballare e che di mattina non riusciva a sorridere senza prima aver bevuto un succo di frutta alla pesca, il suo preferito.

Un lunedì mattina qualsiasi di un dicembre diverso da tutti gli altri, Anna era uscita di casa talmente di corsa da non riuscire nemmeno a spazzolarsi i capelli. Era arrivata a lavoro in ritardo senza aver fatto colazione.

Lei odiava le giornate che fin dall'inizio ti facevano capire che i tuoi desideri per il mondo circostante non contano niente, che l'importante è andare da qualche parte, fare qualcosa, dimostrarsi attenti e concentrati, furbi e forti; le giornate in cui non è che rinunci ai tuoi sogni, ché la rinuncia di per sé almeno implica una scelta, ma proprio ti dimentichi di averne mai avuti.

Aveva da poco iniziato a lavorare in un piccolo albergo a due passi dal mare. La paga era quella che era e le ore di straordinario che doveva fare ogni giorno erano quasi sempre almeno due. Pur essendo stanchissima, però, le piaceva avere uno scopo. Vedere tutta quella gente andare e venire con le facce rilassate, ma al tempo stesso curiose di esplorare un posto completamente nuovo, la faceva sentire più tranquilla e placava, seppur in piccola parte, l'inquietudine che provava continuamente.

Quella mattina, dopo aver fatto accomodare una coppia di cinesi giovanissimi in una stanza vista mare, frugò nella sua borsa per cercare il cellulare e scrivere a sua madre che andava tutto bene, e con la mano urtò qualcosa che non riconobbe subito. Dovette tirarlo fuori per capire cosa fosse: era un succo di frutta.

Alla pesca.

Tommaso, prima che lei uscisse, doveva averglielo messo in borsa senza dirle niente. Lui faceva così: senza alcuna fatica e con una naturalezza inaudita le migliorava l'esistenza. Trovava sempre il modo di stare insieme a lei anche quando era lontano. Pensandolo così concentrato su tutto quello che aveva a che fare con lei quasi ne sentiva già la mancanza, perché lì intorno nessuno aveva mai avuto il tempo di fare quello che faceva lui, anche se evidentemente non era mai stata una questione di tempo.

Anna, da quando si era innamorata, aveva sempre fame. Fame di tutto: di canzoni, di libri, di posti nuovi, di risate genuine, di spontaneità.

Di lui.

Una domenica mattina strana di una primavera qualsiasi era più affamata del solito. Si stupì di se stessa, della sua audacia e dei suoi movimenti lenti e sensuali. Il desiderio che provava aveva pervaso ogni parte del suo corpo e non lasciava spazio ad altro: non c'era più posto per la vergogna, per il pudore, per l'ansia e per le paure. Non c'era più posto nemmeno per tutti gli altri desideri. Nonostante fossero passati più di due anni dalla prima volta in cui si erano visti, lui continuava a prendersi tutto di lei senza che nessuno dei due ne fosse consapevole.

Era una sensazione che lei non aveva mai provato prima, per questo non riusciva a decifrarla. Era come se qualcuno, a giorni alterni, radesse al suolo tutti i suoi pensieri, le sue speranze e le sue sconfitte, i suoi ricordi e le sue debolezze e al loro posto facesse crescere un giardino pieno di fiori dal profumo inebriante che la stordiva. Solo fiori, ovunque. E ancora faticava a capire se tutto questo la facesse sentire immensamente bene o infinitamente male.

Era già tardi quella domenica mattina, saranno state le undici o giù di lì. Le strade intorno alla loro casa in affitto troppo lontana dal mare si erano riempite di gente e dalla loro camera si sentivano voci e risate ovattate dalle mura che li proteggevano dal resto del mondo. Lui dormiva ancora, lei era fin troppo sveglia. Spinta da chissà quale forza misteriosa iniziò ad accarezzargli i capelli e la schiena nuda. Con le dita gli camminò sul collo e sul petto, finché lui non si svegliò. Aprì gli occhi un po' confuso mentre lei si stava spogliando. «Buongiorno» le disse con aria maliziosa.

Lei, senza rispondere e completamente nuda, lo guardò e sperò che lui capisse tutto, tutto quanto, senza essere costretta a spiegargli niente.

Fecero l'amore come due sconosciuti, due sconosciuti innamorati, fino a non avere più forze. Lei, una volta in piedi, dovette reggersi all'armadio per non cadere. Le tremavano le gambe mentre lui la guardava seduto sul letto e le ripeteva:

«Sei tu. Sei tu. Sei tu.

Non potrebbe essere lo stesso con nessun'altra. Solo con te.»

Tommaso stava sempre attento ad Anna.

Lei spesso abbandonava il mondo reale e si rifugiava altrove, in un luogo immaginario e perfetto in cui l'indifferenza, l'arroganza e la sfacciataggine non esistevano; un luogo in cui nessuno poteva ferirla.

Per questo, non di rado, era come "assente". All'apparenza sembrava distratta, ma in realtà era molto concentrata su qualcosa che, purtroppo, non esisteva.

Tommaso si preoccupava per lei.

Voleva far sì che il mondo le piacesse di più, voleva che diventasse più attenta alla sua vita, voleva che smettesse di scappare, voleva che stesse bene.

Aveva un timore quasi ossessivo di perderla, di vederla svanire per via di queste sue fughe improvvise. Così, ogni volta in cui dovevano attraversare la strada, la prendeva per mano come se fosse una bambina. Quando per terra c'era una buca le diceva di fare attenzione a non inciampare. Quando salivano in macchina le ricordava di allacciare la cintura, se la vedeva stanca la pregava di riposarsi almeno un po'. Quando beveva il tè le diceva di aspettare perché altrimenti si sarebbe bruciata la lingua. Quando era buio e lei non era ancora rientrata le chiedeva di stare al telefono finché non varcava la soglia di casa.

Lei, dal canto suo, faceva di tutto per non abituarsi a tutte queste attenzioni, per non diventarne dipendente.

Ogni mattina si ripeteva che comunque poteva cavarsela anche da sola, ma intanto si lasciava coccolare, si lasciava aiutare a vivere, si lasciava amare.

Le piaceva, e le sembrava incredibile che qualcuno si prendesse cura di lei, di lei che non era bella. Di lei che era sicuramente diversa, ma non speciale. Di lei che non aveva la forza di combattere per niente. Di lei che trovava dolorose perfino le cose più belle. Le sembrava incredibile, ma aveva imparato ad accettarlo. Non meritava niente di tutto questo, ne era certa, ma lasciava che avvenisse; aveva finalmente smesso di ribellarsi alla felicità.

A loro non importava niente dell'estate appena passata.

Da quando stavano insieme non esistevano più il tempo e le stagioni. Ingenui, recidivi o soltanto innamorati, spesso giocavano ad acchiapparsi in riva al mare.

«Prendimi se ci riesci!» lo sfidava lei.

Lui, per quanto si sforzasse, non la raggiungeva mai.

Anna era abituata a correre; correva appena poteva, correva e si dimenticava di tutto quello che non andava bene in lei, di tutto quello che avrebbe voluto cambiare della sua vita e a cui, però, era morbosamente attaccata.

«Ti prego, fermati!» la implorava lui cercando di riprendere fiato, ma a quel punto per lei non si trattava più soltanto di un gioco.

A quel punto doveva spogliarsi di tutto, prima di poter tornare.

Quando lo faceva, quando tornava e trovava Tommaso seduto a guardare il mare e ad aspettarla, aveva finalmente lo sguardo sereno.

«Perché scappi sempre, Anna?»

Lei allora gli si sedeva accanto e appoggiava la testa sulla sua spalla.

«La risposta alla tua domanda è semplice: ho paura.

Ho paura di tutto. Ho tanta paura. È la prima volta che qualcuno mi accetta per quella che sono. Non devo durare fatica, con te. Va tutto bene e questo mi terrorizza.»

Mentre parlava disegnava sulla sabbia cuori e case con il caminetto acceso, poi le cancellava e ricominciava da capo.

«Andar bene a qualcuno così come sei per te è impossibile?» le domandava allora lui. «Ti sembra così assurdo che qualcuno possa amarti?»

Lei rimaneva in silenzio cercando di nascondergli i suoi occhi.

Quando tornavano a casa, però, smetteva di scappare.

Si lasciava accarezzare i fianchi, si lasciava stringere.

Lui cercava di non mostrarle la minima insicurezza, perché sapeva che un solo movimento incerto e un solo sguardo poco convinto avrebbero potuto allontanarla di nuovo.

Non esistevano mezze misure, con lei. O le concedevi tutto o non voleva niente.

A casa si lasciava baciare con tutta la dedizione di cui lui era capace.

«Scappa pure se ti fa stare bene» le sussurrava. «L'importante è che poi torni. Capito?»

E Anna lo guardava con aria rassegnata: come avrebbe potuto fare altrimenti?

Aveva davvero scelta?

A Tommaso piacevano tutte le cose che Anna odiava di se stessa.

Gli piaceva la sua andatura un po' sbilenca, la sua ossessione per le cose minuscole, la sua nostalgia perenne. Gli piaceva quel suo essere delicata. Quando le scappava una parolaccia arrossiva e chiedeva scusa almeno tre volte.

Lui non si capacitava di come potesse sostenere il peso del suo cuore con un corpo così minuto, ma l'ammirava tanto per questo.

Gli piacevano i suoi capelli neri che non stavano mai al loro posto e il suo incarnato pallido; gli piacevano la sua timidezza e la sua innata gentilezza d'animo e di modi.

Era una ribelle e non se ne rendeva conto.

Era una ribelle per il tempo in cui le era toccato vivere: era dolce, ancora dolce nonostante tutto e tutti e pensava che fosse sbagliato essere così, pensava che fosse banale e fuori luogo; non si rendeva conto di essere come una ventata d'aria fresca in una stanza in cui non si aprono le finestre da un po'.

E poi sapeva ridere. Sapeva ridere e sapeva piangere. Lo faceva senza risparmiarsi. Per ogni risata e per ogni pianto che le scoppiavano sul viso tutto, dentro di lei, sembrava scambiarsi di posto.

Dopo ogni risata e dopo ogni pianto non era più la stessa. Anna era tante cose ed era ognuna di queste cose fino in fondo, per questo spesso aveva l'aria affaticata. Non era una sua scelta e, per quanto combattesse, non riusciva a sconfiggere la sua natura che la spingeva a essere forte e fragile, allegra e malinconica, innocente e perversa, egoista e sensibile.

Tutto contemporaneamente.

Tommaso andava pazzo per la sua tenacia e per le sue dita affusolate, per la sua voce da bambina che – non appena si metteva a cantare – si trasformava completamente.

Era convinto che non gli sarebbe mai passato quell'amore un po' infantile e incontrollabile che provava per lei, e a volte, di notte, si svegliava, le accarezzava i capelli e sentiva che tutto andava esattamente come doveva andare. Quello che stavano facendo era giusto. Gli sembrava che ogni cosa, anche la più piccola, fosse al proprio posto. Era tutto in equilibrio, non c'erano vuoti da colmare, sigarette da fumare per cercare di calmarsi. Stava bene e, per quanto a volte (chissà poi perché) cercasse un motivo per amarla un po' meno, non gliene veniva in mente nemmeno uno.

Ad Anna di Tommaso piaceva tutto.

Le piaceva che fosse una persona buona, che non fosse in grado di dire una bugia senza farsi scoprire, ma soprattutto le piacevano la sua resistenza agli urti e la sua voglia di stare al mondo.

Le piacevano il suo essere instancabile e il fatto che, anche se non sapeva ballare, quando era il momento non si tirava mai indietro.

Le piacevano la sua capacità di mettere tutti di buonumore senza fare il benché minimo sforzo e il suo vestirsi completamente a caso.

Lei ne era gelosissima anche se cercava di non darlo a vedere, spesso con scarsi risultati.

Ogni mattina, quando lui usciva di casa con quelle sue camicie un po' sgualcite e gli occhi ancora assonnati, lei provava una fitta di dolore allo stomaco.

Aveva qualcosa (forse il neo vicino al sopracciglio destro? la voce profonda che faceva a botte con la sua aria ingenua?) che, ai suoi occhi, lo rendeva irresistibile.

Anna era sicura che, presto o tardi, lo avrebbe perso, e forse per questo le piaceva pure un pochino di più, anche se odiava ammetterlo: solo pensarci la faceva sentire mediocre e sciocca.

Lo stimava. Lo riteneva capace di fare qualsiasi cosa. Credeva davvero che per lui niente fosse impossibile.

Era il suo eroe gentile che, in caso di necessità, accorreva per farle ricordare come si faceva a respirare. A lei capitava spesso di dimenticarlo. C'erano momenti in cui dimenticava anche come fare a camminare.

Una sera uscirono per andare al cinema e quella sera Anna, seduta sulla sua poltroncina calda troppo lontana dall'uscita, si sentì schiacciare da tutte le sue paure. In testa le girava soltanto un pensiero che aveva spodestato tutti gli altri:

"È troppo, tutto questo è troppo per te, non ce la puoi fare."

Quella sera, a metà film, dovette uscire di corsa dalla sala. Aveva bisogno di vedere il cielo, di capire che c'era ancora, che esisteva ancora.

Si sedette per terra incurante del freddo e pochi secondi dopo Tommaso la raggiunse.

«Cosa c'è Anna? Che ti è preso?» le chiese preoccupato. Anna non riusciva ancora a parlare, così si alzò in piedi e lo abbracciò quasi con rabbia.

Quando si fu calmata gli spiegò tutto.

«Sono attacchi di panico, o almeno mi hanno detto che si chiamano così. Sono andata a parlarne con qualcuno che se ne intende e ho provato anche a prendere delle medicine, ma loro continuano a tornare. Inizio a sentirmi come stordita, il cuore mi batte all'impazzata e poi perdo completamente la concezione del tempo e dello spazio. Mi perdo. Le mie mani smettono di essere le mie mani. Quello che vedo smette di essere reale. Dimentico perfino il mio nome, in certi momenti. Tutto quello che mi ricordo è che vorrei vivere e invece mi sento morire. E la paura mi paralizza.»

Finalmente Tommaso capì come mai Anna correva ogni volta che poteva. Capì da cosa scappava continuamente con il terrore negli occhi.

Gli tornò in mente quel pomeriggio passato sulla spiaggia qualche mese prima. Lei non aveva paura di lui: gli aveva mentito.

Lei si sentiva soffocare ovunque fosse perché non riusciva mai a concedersi completamente. Voleva fare di più, dare di più. Voleva cantare. Voleva esagerare e questo la massacrava. Pensava che le sarebbe scoppiato il cuore.

«Allora non sono attacchi di panico» le rispose con una semplicità e un sorriso disarmanti, «sono attacchi di vita!»

Lei non l'aveva mai guardata da quel punto di vista.

«Tu non hai paura di morire, tu hai bisogno di vivere di più.

È una cosa bella. Sei piena di vita. È meraviglioso! Sei più forte di quanto pensi.»

Senza riuscire a contenersi le prese la testa tra le mani e le baciò gli occhi chissà quante volte, sperando di poterla sorreggere. Di poterla guarire. A lei sembrò di riaffiorare in superficie dopo aver passato troppo tempo sott'acqua. Rilassò la schiena e schiuse i pugni come se qualcuno stesse provando a metterle un fiore tra le mani, e lei piano accettasse quel dono.

Lui aveva sempre un'altra versione dei fatti, una più dolce. Una più facile da sopportare. Non dipingeva soltanto su tela: dipingeva ovunque e quella sera sostituì il corvo nero appostato sul cuore di Anna con un piccolo colibrì finalmente libero di volare.

CARO TOMMASO

Per Anna, da Anna

Quando finisce un amore non devi per forza dimenticare tutto per stare meglio.

Intanto diciamolo: non è possibile. Non possiamo scegliere di rimuovere i ricordi più dolci e colorati solo perché dopo un addio diventano i più dolorosi.

Non si può, ed è giusto così.

Non devi dimenticare niente. Ti serve tutto; hai bisogno di ogni bacio e di ogni telefonata che non hai ricevuto, di ogni carezza sotto il piumone, di ogni sera in cui hai aspettato invano che lui si accorgesse ancora di te, di ogni cena, di ogni sguardo che vi siete scambiati in mezzo alla gente, di tutte le cose strane e anche di quelle normali che avete fatto insieme. Hai bisogno di ricordare il giorno in cui era troppo stanco per toccarti e anche quello in cui tu parlavi, quasi piangevi, ma lui non ti ascoltava nemmeno. Hai bisogno di ricordare i suoi occhi, com'erano languidi quando ti desideravano di più e com'erano diventati piccoli e freddi da quando avevano smesso di guardarti. Devi ricordare.

Devi ricordare la differenza tra il prima e il dopo. Devi

ricordare il bene perché tutte queste lacrime abbiano almeno un senso, per avere sempre presente che sei stata felice, per tenere a mente com'era, per non accontentarti – in futuro – di qualcosa in meno.

Devi ricordare il bene, ma soprattutto devi ricordare il male.

Per non andare a cercarlo ancora una volta. Per smettere di aspettarlo.

Per non tornare indietro.

Mai più.

80 giorni dopo la fine

Ma la me che hai amato, quella con i pantaloni troppo stretti e le maglie troppo larghe, quella con il seno troppo piccolo e le gambe troppo magre, quella delle canzoni troppo tristi, quella dalle parole semplici, dalla rabbia facile, quella che contava le volte in cui la chiamavi "amore", quella che non piangeva mai davanti a te, ma piangeva spesso, quella che se non le dicevi "ti amo" almeno una volta al giorno ti scriveva "stronzo", di notte, quella che faceva l'amore con il sole, con la pioggia, su ogni letto, su ogni spiaggia, quella che non ha mai avuto il coraggio, quella dai capelli troppo corti, quella dalle calze colorate, dai giochi in scatola, dagli occhi troppo sfuggenti che non ci si capisce niente nemmeno se li ami, quella che abbracciavi spesso e volentieri, quella che ti preparava la pasta al pomodoro più buona che avessi mai mangiato, quella che ballava davanti allo specchio, quella che non rispondeva mai al telefono, che si commuoveva leggendo una frase scritta sul muro, quella che aveva sempre un libro e una penna in borsa, ma i fazzoletti mai, mai mai mai, ché non sono mai stata una donna come si deve, quella che amava aprile, ma anche dicembre, quella che amava sempre, ma non per sbaglio e mai per caso, quella

che amava tanto, ma non chiunque, solo te, solo te, quella
che ti baciava il collo e si trasformava nella tua dea, quella
che non credeva in se stessa ma si fidava di te, quella innamorata dei ricordi, quella fragile ma così forte, lo dicevi sempre, "sei la più forte, sei forte e non lo sai", quella
che amava il vino rosso e di notte parlava sempre un po'
di più, si apriva come una margherita al sole di marzo,
quella che andava a tempo di luna, quella che si dimenticava sempre tutto, ma mai di farti una carezza prima di
andare via, quella bugiarda ed egoista, quella che avevi
reso più dolce, quella che avevi reso migliore,
    la me che amavi
    ricordi?
    Non so dove sia, ma spero sia con te.
    Ancora.

90 giorni dopo la fine

Alla fine sei tornato.

Ci hai messo tanto, forse troppo: quasi tre mesi, ma non m'importa del tempo che è passato mentre ti aspettavo, l'importante è che adesso tu sia qui.

Non importa con chi sei stato, in quali occhi hai pensato di perderti, con quale bocca hai pensato di barattare il mio sorriso.

Non importa se il profumo che indossi è diverso, non importa se mi hai fatto piangere.

L'importante è che mi abbracci.

Che tu non vada via di nuovo.

Non ti credo quando mi dici che mi ami, che mi hai sempre amato, che eri solo spaventato, ma resto qui e mi lascio stringere le mani, mi lascio toccare le spalle e le gambe.

Non allargarti troppo: il seno ancora no. Non esagerare.

L'amore non lo possiamo fare, per ora proprio no.

Non giocare, non prendermi in giro.

No, non sono una bambina, ma questa pelle si è abituata a esistere anche senza le tue carezze.

Devi darle tempo. Devi darmi tempo.

Ti sono mancata?

«Mi mancavi talmente tanto che un giorno, a forza di

pensare al tuo viso, mi sono perso e non riuscivo più a trovare la strada per tornare a casa» mi rispondi, e sembri sincero.

Non mi resisti e poi i miei capelli ormai lunghi ti piacciono da impazzire. Non ti dico che a me ricordano i giorni in cui non c'eri più. Non ti dico niente e ti sorrido sorniona.

Ti stavo aspettando, sapevo che saresti tornato.

Ci studiamo a lungo, ci guardiamo in silenzio perché ogni parola sarebbe superflua o forse, semplicemente, potrebbe farci male.

Siamo sul mio divano. Non ricordo nemmeno più da quanto tempo siamo qui.

So, lo sento, che sei qui per restare. Altrimenti non saresti tornato, no?

Non sei mica così crudele. Non lo sei mai stato.

Usciamo, andiamo a mangiare una pizza, ma io non ho fame e nemmeno tu.

Siamo felici, non abbiamo bisogno di altro.

Al ristorante non riusciamo a stare lontani; dobbiamo recuperare tutto il tempo che abbiamo perso, dobbiamo rimetterci in pari con i baci.

«Ci scusi, cameriere, ma crediamo che per noi sarebbe meglio stare seduti abbracciati.»

Mentre avvicini la tua sedia alla mia penso che sarò in grado di lasciarmi di nuovo andare con te. Sarò in grado di fidarmi ancora di te.

Ti perdonerò.

Ti perdonerò.

E mi sento sollevata, come se finalmente fossi riuscita a evadere dall'incubo nel quale mi ero ritrovata ingiustamente a vivere, come se finalmente le cose avessero ricominciato a girare per il verso giusto.

Ho solo una leggera tachicardia, ma non è niente.

Che vuoi che sia?

Un po' di paura.

«Un po' di paura è normale» mi rassicuri mentre giochi con i miei braccialetti.

E mi sento l'unica, l'unica al mondo per cui valga la pena tornare indietro. Sono raggiante, mi vedi?

Sono bella. Mi sento bella.

Va tutto bene.

90 giorni e un'ora dopo la fine

Era soltanto un sogno.
Non ci sei.

100 giorni dopo la fine

Continuo a cercarti anche se ti ho già trovato e pure già perso.
Continuo a cercarti,
e di nascosto,
perché è diventato sconveniente ammettere che, talvolta, mi ritorni in mente.
Continuo a cercarti ma senza parlarti, senza incontrarti a volte mi dimentico di noi, ormai spesso, e altrettanto spesso mi scappa da ridere.
Ci sono sere in cui ci vogliono ancora almeno due birre per smettere di pensarti.
Non so dove abiti adesso, da quanto tempo non vedi il mare,
non so se hai imparato a cucinare.
Continuo a cercarti.
Non sono più arrabbiata,
sono nata nostalgica;
se mi vedi salutami tu
che io non so se ce la faccio.

110 giorni dopo la fine

Credo che sarà speciale tutto quello che verrà. Sento che sarò una roccia e che nel tempo mi stupirò della miriade di cose che sono in grado di fare. Sento che viaggerò molto e, qualora non ci riuscissi, proverò a non smettere di fantasticare. Mi innamorerò ancora, perché non sono il tipo che non lascia scorrere le sensazioni, così passeranno anche quelle che adesso mi opprimono e mi appesantiscono, così tornerà il profumo che si sente a maggio quando il sole sta per tramontare. Mi impegnerò tantissimo in tutto quello che farò; non sarà semplice, ma diventerà il mio unico modo per stare al mondo. Sarò bella, o forse non proprio bella. Forse carina. Le mie rughe racconteranno le mie notti, gli attimi che mi hanno cambiato, perché comunque sempre di attimi si tratta. Cercherò di essere una di quelle persone che basta parlarci al telefono per stare meglio e sarò sempre (o quasi) elegante con quel disordine di fondo che mi contraddistingue. Continuerò ad ascoltare musica finché le mie orecchie me lo permetteranno. E prima o poi andrò anche in crociera. Imparerò a ballare, ma approssimativamente, e sempre approssimativamente realizzerò tre o quattro sogni che al momento ancora non ho nemmeno fatto. Sarò gentile, davvero gentile, e mi verrà naturale. Imparerò a cucinare la torta della nonna e la pummarola come la faceva lei: gli amici saranno sempre entusiasti di cenare da me. Avrò tanti amici, a proposito! Alcuni saranno gli stessi che ho adesso, altri li incontrerò per la vita che mi resta.

Sarà bello. Mi commuoverò ancora per la neve in città e per un'estate anticipata.

Ogni sera però, e di questo sono davvero sicura, tornerò a casa esausta, perché a vivere tanto ci si stanca parecchio; mi toglierò le scarpe, mi metterò comoda, aprirò il frigorifero, preparerò la cena e ogni sera, pelando le patate e accendendo il forno, oppure facendo la doccia, oppure guardando un programma sciocco in tv, ogni sera avrò nostalgia di te. Del modo in cui piegavi la testa quando mi guardavi, delle parole assurde che inventavi, del modo in cui facevi l'amore.

Sarà bello, sarò felice, ma ogni sera, almeno per un minuto, penserò a quando facevamo l'amore.

Però non piangerò, lo prometto.

Non sei tornato.

Per quanto io ti sogni quasi ogni notte, per quanto io ti cerchi ovunque vada e per quanto mi spaventi quando mi sembra di averti trovato, per quanto io ti riconosca nel volto di chiunque abbia gli occhi pieni di qualcosa

non sei tornato.

Il ricordo delle mie ciglia che ti fanno il solletico sulle guance non è bastato. L'arrivo dell'autunno, la stagione che preferisco, non ti ha riportato da me.

Le foglie fragili e il sole timido di questi primi giorni di ottobre mi assomigliano così tanto, ma tu sicuramente non ci avrai fatto caso.

O forse sì.

Forse a volte mi pensi ancora, anche tu.

Forse a volte ti sei detto: "Potrei chiamarla, potrei andare da lei".

Poi, però, il pensiero di vedermi ridere come allora, come prima, solo per te,

di nuovo per te

ti ha bloccato.

"Non la amo più" ti sarai ripetuto.

Non mi ami più, come puoi essere in grado di sopportare l'idea di essere ancora l'unico al mondo a rendermi felice?

Troppa responsabilità.

Hai preferito perdermi e io non so se ti sono debitrice o se sei tu a dovermi restituire qualcosa.

Sono qui, sono spenta e provo a ribellarmi a questa parte di me che si risveglia solo se si tratta di te. Altrimenti tutto tace.

Ed è così strano, così strano per una come me.

Mi manchi, ma più di tutto mi manca stupirmi.

Mi manca sentire.

Mi manca anche soffrire.

Sono stata sciocca a pensare di esser forte solo perché non piango più. Che sciocca, se poi mi manca qualcuno e divento cattiva, che vuol dire essere ancora più fragile di prima. Molto di più. Piangere è un po' come dare da bere ai sogni, fare come faccio io è come cercare di distruggere tutto prima che tutto mi distrugga.

Stammi bene, ma non troppo.

Non sono più tenuta a sapere cosa sogni la notte,
cosa mangi la sera,
quali sconfitte ti assillano,
quali progetti ti animano.
Non sono più tenuta a sapere che canzoni ti piacciono,
cosa vedi ogni mattina nel tragitto che da casa ti porta
al lavoro.
Non so se ami e sei ricambiato,
non so cosa hai fatto l'ultima volta che hai bevuto troppo,
non so quali modi di dire ti contraddistinguono, adesso.
Non sono più tenuta a sapere quali programmi guardi, quali libri leggi,
che cellulare usi.
Non sono più tenuta a chiamarti,
a prendere la macchina e venire da te.
Non sono più tenuta a chiamarti amore,
a pensarti amore.
Non sono più tenuta a chiederti cosa provi mentre mi sfiori,
perché non mi sfiori più.
Perché non mi sfiorerai mai più.
E mi sento così sola stasera che potrei anche iniziare a
voler bene a qualcuno solo se pronunciasse il mio nome
con delicatezza.

Inizi a svanire.

Mi ricordo di te.

Mi ricordo bene, solo che i contorni iniziano a farsi meno decisi.

Ho tanta paura di dimenticare i tuoi occhi. Ti sembra impossibile, vero?

Eppure certe sere devo sforzarmi per ricordarli. Certe sere sono costretta a tirar fuori le foto di quando eravamo felici. Quelle sere sono le più difficili.

Non ti voglio dimenticare perché so che nel momento esatto in cui lo farò ti avrò perso davvero, perché anche il tuo ricordo mi fa compagnia. Perché, anche se non ci sei, anche senza volerlo, sei ancora l'unico ad avere l'enorme potere di trasformare le mie giornate.

Alcune volte le rovini irrimediabilmente: basta un odore familiare che mi riporta a te, basta che io prenda una strada che facevamo spesso insieme, basta che incontri qualcuno che ti assomiglia anche solo vagamente, basta che mi ritorni in mente e io m'incazzo. Scusa la parola, ma non ne trovo una che renda meglio l'idea.

Altre volte, però, le migliori.

Ci sono dei momenti in cui sento di non avere più niente da dare, più niente da parte per i giorni più luminosi che magari verranno. Ci sono dei momenti in cui mi sento talmente vuota che faccio fatica a stare in piedi. Allora mi chiedo: perché? Perché dovrei fare qualcosa? Perché dovrei provare ad andare avanti? Perché?

E mi ritrovo a barcollare in mezzo alla strada come se fossi ubriaca. Mi dimentico come si usano gli occhi, le mani e i piedi. È in quei momenti lì che pensarti mi consola.

Mi hai amato tanto, ne sono sicura, e questo vale il prezzo del biglietto. Vale il freddo, vale ogni santissima notte passata in bianco.

Mi hai amato come io ho amato te.

È sufficiente.

Mi basta.

Ti odio.

186 giorni dopo la fine

Stamattina mi sono toccata e ho pianto.

Mi sono svegliata verso le cinque con la sensazione di essere ancora viva, dopotutto.

Mi sono svegliata senza pensare a lui.

Mi sono svegliata leggera e ho pensato di festeggiare.

Ho iniziato a sfiorarmi lentamente e in silenzio.

Più che un gesto spontaneo, però, è stato qualcosa come "vediamo se sono ancora in grado di godere, di lasciarmi travolgere, come "vediamo se sono pronta", ma proprio lì, proprio al culmine, proprio nel momento di massimo piacere, ho iniziato a provare anche un dolore insopportabile, come se lasciarmi avvolgere da un'emozione che non aveva a che fare con lui fosse un peccato imperdonabile, una perversione inaccettabile.

Non sono pronta.

Non sono ancora pronta, ma qualcosa sta cambiando.

Si è alzato il vento.

Finché ci sarà chi si sdraierà sull'erba per darsi qualche bacio e qualche carezza audace ma fino a un certo punto, perché purtroppo e per fortuna più di tanto non si può.

Finché ci sarà chi si addormenterà sulla pancia di qualcuno.

Finché ci sarà chi, pur di non svegliarlo, passerà la notte in bianco.

Finché ci sarà chi condividerà le canzoni che ascolta con le persone di cui si fida di più.

Finché ci sarà chi accarezzerà le braccia della persona che ama mentre si sta addormentando.

Finché ci sarà qualcosa per cui chiedere scusa.

Finché ci sarà qualcuno capace di chiedere scusa.

Finché ci sarà un vaso di fiori di campo su un tavolino qualsiasi di una casa qualsiasi.

Finché ci sarà chi spruzzerà il proprio profumo sulle lettere.

Finché ci sarà chi terrà da parte il vestito "buono" per la domenica.

Finché ci sarà chi preparerà un dolce per sentirsi meglio.

Finché ci saranno le viole,

e non importa se non saranno per me, non importa
sottolineato tre volte con il verde fosforescente;
le viole,
non importa se non saranno per me,
basta che ci siano,

e l'amore basta che sia.

Finalmente.

Finalmente ho ricominciato a piangere. Non sai che sollievo, non sai che fortuna. Da qualche giorno ho ricominciato a piangere e ora non riesco più a smettere.

E non sai nemmeno che, dopo aver versato circa un miliardo di lacrime che avevano il tuo stesso identico sapore, ogni cosa mi è apparsa più chiara.

Ce l'ho fatta.

Ce l'avevo già fatta anche quando affermavo sicura: "Non ce la farò mai."

Qui dentro di me, seppur senza far rumore, ha iniziato a crescere un fiore selvatico e orgoglioso, e io non posso semplicemente fingere che non esista solo perché ti amo ancora.

Solo perché tu non ne sentirai mai l'odore.

Non posso permettere che il freddo dell'inverno che verrà (che sicuramente verrà) uccida il mio fiore.

Voglio cantare; voglio ricominciare a cantare senza aver paura di crollare.

Non voglio più rimanere ancorata alla tua assenza, al fatto che mi manchi.

È difficile ammettere di sentirsi meglio. Ci sembra l'ennesimo salto nel buio.

Ci si abitua a tutto, anche alla tristezza, anche alla sofferenza, e in qualche modo continuare a provare dolore ci sembra più rassicurante di provare ad andare avanti. Sarà forse per questo che il pensiero di smettere di star male mi sconvolge?

E non è vero quello che ti ho scritto qualche settimana fa. Non ti odio.

Per quanto io combatta per difendere il mio dolore, per quanto io faccia di tutto per prolungare il lutto, e per quanto i miei occhi e i miei pensieri siano sbiaditi e stanchi, c'è ancora qualcosa che mi mantiene viva. Sono sprazzi, attimi, che mi trascinano in un valzer di respiri e di sorrisi al quale non riesco a resistere. Per quanto io mi ostini a rimanere seduta, la verità è che ho voglia di ballare. E sai qual è la parte più difficile?

Ammetterlo.

Allora lo scrivo qui, te lo scrivo qui perché magari vederlo scritto nero su bianco lo farà sembrare più reale e meno sbagliato.

Lo scrivo qui perché dirlo a voce alta mi sembra una follia.

Sto meglio.
Ci sei ancora tu,
ancora
e soltanto tu,
ancora
sulla punta delle mie dita
in mezzo ai miei desideri più coraggiosi
e c'è ancora il tuo viso
sul viso di chiunque altro
e penso ancora a te
di fronte al mare

quando guardo il soffitto
quando qualcuno mi abbraccia
ma sto meglio.
Sto meglio.

Qualcosa che.
   (Anche senza di te.)

   – I baci sugli occhi;
   – l'allegria senza sensi di colpa;
   – sognare di realizzare un sogno e accontentarsi perché "sembrava vero";
   – respirare ancora;
   – la fantasia di certi pomeriggi;
   – le finestre aperte di mattina;
   – piangere dopo tanto tempo che;
   – andare al mare d'inverno;
   – guardare le persone che si baciano in macchina al semaforo;
   – odiarle un po';
   – ma comunque esser loro grata;
   – le mani della gente;
   – camminare senza meta;
   – i pensieri stupendi nei momenti meno adatti;
   – gli sguardi d'intesa con gli sconosciuti;
   – "oggi ti viene a prendere la mamma, sei contenta?";
   – i cori improvvisati al ristorante;

– le voci nelle case degli altri all'ora di cena;
– non scappare;
– tutto questo cielo;
– i ricordi quando smettono di pizzicare;
– avere voglia di fare una cosa;
– non lasciare spazio ad altro;
– giocare a nascondino, sempre;
– i rossetti della mamma;
– le sere d'estate in cui non succede assolutamente niente;
– i giochi dei piccoli fatti da grandi;
– capire che è andato tutto bene;
– le carezze di chi non sa accarezzare;
– "c'è ancora tempo";
– le feste silenziose che iniziano quando la musica s'interrompe;
– non volersene andare;
– ricominciare;
– stare insieme, in generale;
– stare da soli, ma non troppo;
– realizzare di esserne finalmente fuori;
– gli ombrelli colorati.

Chissà se si può essere felici senza essere anche tristi, se si può voler bene a qualcuno senza doverlo per forza odiare dolcemente a giorni alterni, chissà se è davvero giusto amare senza essere amati e chissà se dare un nome alle stagioni e distinguerle è davvero necessario?

Chissà se tutte quelle che hanno i capelli lisci li vorrebbero ricci e viceversa, e se è vero che per diventare più forti si deve necessariamente perdere qualcuno, o qualcosa. Chissà che bello avere un albero in giardino e chissà che bello avere un giardino, o comunque continuare a stupirsi dei piccoli germogli e della luce dei lampioni quando ancora non si è fatto buio. Chissà perché le canzoni tristi sono quasi sempre le migliori e perché stare vicino a qualcuno non diventa mai cosa facile, e s' impara a rimanere in piedi ma non s'impara mai ad amare. Chissà se è vero per davvero che tutte le cose che ci rendono felici sono illegali o fanno ingrassare. Io sono abbastanza contenta anche così, con un po' d'acqua e qualcuno con cui chiacchierare del più ma soprattutto del meno. Chissà se tutto quello che penso lo pensano tutti e se ne sono spaventati tanto quanto me.

Chissà ogni sera nelle camere da letto se qualcuno si

addormenta tenendosi per mano nonostante la fatica, chissà per le strade quante persone si perdono mentre si stanno cercando e quante persone si trovano mentre stavano cercando qualcun altro, chissà quando è davvero solo sesso, chissà cosa vuol dire essere liberi e chissà perché, ogni tanto, ci sentiamo così euforici da illuderci di avere finalmente capito tutto e chissà se mi senti come ti sento io anche se non ci sentiamo più da tempo, chissà come fanno alcune storie finite a non finire, chissà se è tutta colpa della solitudine o di questa smania di trovare un posto nel mondo, chissà se dalla cima si vede tutto più chiaramente, chissà in questo momento quante persone si stanno baciando,

mai abbastanza secondo me,

mai abbastanza,

in ogni caso speriamo di farcela, con dignità e con amore.

Non voglio più
  tagliare i capelli per poi aspettare che ricrescano,
  pronunciare le parole "non so se ce la faccio",
  ubriacarmi di birra,
  smettere di piangere,
  piangere da sola,
  mangiare prima il dolce e poi il salato,
  sminuire i miei sogni,
  sminuire i miei occhi,
  evitare gli sguardi,
  essere dolce senza pretese,
  credere a chi dice: "Te lo giuro",
  credere a chi ride e dice: "Si tira avanti"
  e non voglio più
  perdonarti
  perché credo,
  anzi sono sicura,
  che i miei colori possano bastare,
  che andrà tutto bene.
  Non voglio più
  sperare

né
aspettare,
io
voglio
illuminare tutto.

Tre mesi fa ho conosciuto una ragazza.

Non te l'ho mai scritto prima perché mi piaceva pensare a lei come se fosse un mio piccolo segreto e volevo fare di tutto per custodirlo gelosamente.

Un venerdì pomeriggio di fine settembre ero in gelateria quando avevo notato un annuncio tutto colorato.

"Vuoi imparare a suonare la chitarra? Contattami a questo numero! Lisa."

Sul momento, ricordo, mi ero vergognata solo al pensiero di telefonare a una perfetta sconosciuta, poi mi ero fatta forza.

"Perché no?" mi ero domandata con un pizzico d'eccitazione.

Da qualche tempo avevo iniziato a essere più aperta nei confronti degli altri: non potevo permettermi di farne a meno, finalmente l'avevo capito.

Così mi ero fatta coraggio e l'avevo chiamata.

Il mercoledì successivo ero già da lei per la prima lezione. Lisa vive in un monolocale pieno di foto e di stampe di quadri d'arte moderna. Non ha un vero e proprio armadio e i suoi vestiti sono appesi un po' ovunque. Una delle pareti è arancione e nell'aria, quel giorno, si sentiva

145

un odore dolcissimo di vaniglia che proveniva dalle candele profumate sparse qua e là per la stanza.

Mi ero sentita subito a mio agio in mezzo a tutto quel disordine e, senza troppe remore, le avevo raccontato gli ultimi mesi della mia vita, le avevo confessato che a volte scrivevo delle canzoni e le avevo fatto leggere alcuni dei testi che porto sempre con me.

Lisa era colpita dalla mia voce. Mi aveva detto: «È così intima e delicata» e poi aveva aggiunto che i miei pezzi erano molto simili a delle poesie. Le piacevano anche parecchio i miei occhi sorridenti nonostante tutta la malinconia che mi portavo addosso.

Senza pensarci troppo mi aveva chiesto di lavorare insieme.

«Proviamo a mettere in musica queste tue parole, ti va?» mi aveva proposto. «Non voglio soldi. Mi piace quello che hai da dire e come lo dici. Sarà un piacere aiutarti.»

Io, che non avevo mai creduto nelle mie capacità e sapevo benissimo di non avere una voce abbastanza particolare da potermi permettere di sognare, quel giorno mi ero ritrovata a prendere una decisione importante: diventare una di quelle persone che non dimenticano ciò che amano solo perché stanno cambiando, solo perché non c'è più tempo, solo perché sono state ferite, solo perché ormai è tardi per essere le migliori in qualcosa.

Ogni giorno, a partire da quello strambo mercoledì, io e Lisa ci siamo viste e abbiamo cantato, suonato e scritto insieme una decina di canzoni.

Mi sembrava di essere un fiume in piena mentre cercavo le parole che mi assomigliavano di più, e una o due volte, cantando, mi sono ritrovata a piangere tra le sue braccia.

Stamattina mi ha chiesto se potevamo vederci. Voleva farmi una proposta: andare a cantare nel pub di un suo amico.

«Era d'accordo con un gruppo che proprio in questi giorni gli ha dato buca. Allora ho pensato di raccontargli di te, di quello che abbiamo fatto negli ultimi mesi. Era entusiasta e ha detto che ci aspetta quando vogliamo per fare qualche prova! Ti prego, non dire di no!»

Ho abbassato lo sguardo imbarazzata e l'ho posato sulla punta ormai consumata dei miei anfibi. Era da tanto tempo che non mi sentivo così, perché era da tanto tempo che non mi succedeva qualcosa di bello, ma bello per davvero, e il panico stava già per sovrastarmi. Stavo per voltarmi e iniziare a correre ma, proprio quando ero sul punto di perdere il controllo, mi sono tornate in mente le tue parole, lontane e ormai senza un volto:

"Sono attacchi di vita."

«Sono attacchi di vita», ho provato a ripeterlo a bassa voce e il mio cuore, come per miracolo, dopo qualche minuto ha ripreso a battere normalmente.

«Sì» le ho risposto.

«Sì! Sì!» e, mentre lo dicevo, saltellavo come una bambina da una mattonella all'altra, come una bambina serena.

Come una bambina ormai cresciuta per cui provare gioia senza contaminarla con qualche emozione negativa non è la regola ma un'eccezione, un evento raro da segnare sul calendario come se fosse un giorno di festa dopo mille giorni di fatiche.

Sono fuori di me. Non so dove mi trovo ma sono sicura di essere nel posto giusto.

Stasera ho cantato tutte e dieci le mie canzoni mentre Lisa mi accompagnava con la chitarra. Il pub era pieno di gente che andava e veniva. Qualcuno non ha sentito una parola, nemmeno una. Qualcuno ci ha ascoltato in silenzio senza battere ciglio. Qualcuno ha addirittura applaudito.

Stasera ho cantato tutte e dieci le mie canzoni per te ed è stato strano, era come se tu fossi con me. Come se fossi più vicino.

Continui a mancarmi.

Sto bene e mi manchi. Sono diversa, eppure sono sempre la stessa di quando mi prendevi in giro perché non sapevo ballare.

Mi è sembrato di vederti, prima, ma di sicuro mi sono sbagliata.

Stamattina mi sono svegliata tardissimo e quando ho aperto gli occhi mi sentivo serena come non mi capitava da tempo. Ho guardato il cellulare e ho trovato un messaggio di mia madre:

"Ho una cosa per te, appena puoi vieni qui."

Ho sorriso. Ho pensato: "Chissà di che si tratta! Un profumo? Un libro? Lei e la sua mania di darmi i regali per la Vigilia. Lei e il suo rifiuto per il Natale!".

Ho indossato una felpa e un paio di jeans, mi sono lavata il viso e mi sono catapultata da lei.

Quando sono arrivata, però, non c'era nessun pacchetto sotto l'albero. C'era lei seduta sul divano che si rigirava tra le mani una busta. Una busta per me.

«Ho pensato di non dartela. Di bruciarla. Di tagliarla in mille pezzi e di nasconderti la sua esistenza in ogni modo possibile. Se l'avessi fatto, però, ti avrei tolto la libertà di scegliere, e non me lo sarei mai perdonato. È una lettera, una lettera di Tommaso. Prima è passato di qui e mi ha implorato di fartela avere.»

L'ha appoggiata sul tavolo, mi ha fatto cenno di sedermi e mi ha detto che sarebbe uscita per fare gli ultimi acquisti. Una volta rimasta sola ho pensato che è proprio vero che a volte tornano, solo che non sempre lo fanno in tempo o al momento giusto, ammesso che ne esista uno. Ho guardato la lettera senza muovermi per almeno un'ora, poi l'ho accartocciata e l'ho buttata nel cestino. Dopo qualche minuto l'ho ripresa e l'ho aperta.

Non sai che rabbia, Tommaso. Non lo sai. Mi tremano ancora le mani quando si tratta di te.

Per Anna, da Tommaso

Cara Anna,

ieri sera sono venuto a sentirti cantare.

Sono tornato a casa per le vacanze di Natale. Ho trovato lavoro in una scuola media nella periferia di Torino e ho imparato a cucinare le lasagne e la pasta al pesto.

Va tutto bene, più o meno, anche se spesso mi manca il mare.

Negli ultimi tre mesi ho frequentato una ragazza. Non ha niente che non va, davvero. È onesta e allegra. Sa ballare e ha gli occhi più grandi che io abbia mai visto. Ho provato con tutte le mie forze ad amarla, ma i risultati sono stati pessimi. Volevo convincermi di essere in grado di dimenticare. Di essere capace di dimenticare te. Volevo dimostrare a me stesso di essere riuscito ad andare avanti, ma la verità è che tutto quello che ho fatto e non ho fatto fino a ora è stato solo un modo per rimandare il più possibile il mio ritorno.

Ieri sera ti ho visto ed eri bellissima.

Sono arrivato quando avevi già iniziato a cantare. Non ho riconosciuto fin da subito la tua voce così decisa, così diversa da quando cantavi per me seduta sul letto vestita soltanto delle mie mani.

Ho sempre sospettato che sotto quella tua pelle così fragile ci fosse una te diversa, delicata ma allo stesso tempo indistruttibile. È stato un piacere averne avuto la conferma.

Eri seduta su uno sgabello e avevi gli occhi chiusi. Indossavi una maglietta nera semplice e un paio di jeans chiari: l'abbigliamento di quando hai bisogno di sentirti a tuo agio: l'ho riconosciuto. Una ciocca di capelli ti ricadeva sul viso, così mi sono reso conto di quanto si siano allungati. Di quanto tempo sia passato dall'ultima volta in cui, io e te.

Mentre cantavi sembravi essere finalmente libera.

Avrei voluto urlare a tutti quelli che ieri sera erano in quel locale di ascoltarti, di smettere di parlare e di concentrarsi su di te. Sulla tua testa piccola, sulle tue dita lunghe che stringevano forte il microfono. Sulle tue parole.

Anna,

potrei dirti che sono tornato per mio padre, per i miei amici, per il mare, ma la verità è che sono tornato per te.

Ci sei ancora tu. Soltanto tu. Sei sempre al centro e per quanto io provi a lasciarti in disparte, tu torni con prepotenza e sei ancora la protagonista.

Sei dolorosa.

Ti penso quando ho bisogno di convincermi che qualcosa di autentico c'è stato e da qualche parte esiste ancora.

Ti penso la notte e tra i mille corpi che immagino il tuo è l'unico ad apparirmi con i contorni ben definiti.

Posso essere felice, senza di te. Posso ridere. Posso fare sesso con chi voglio. Posso fare tutto, tutto, ma l'aria non ha più lo stesso buon odore di cioccolata e cannella. Ogni luce mi ricorda i tuoi occhi che erano troppo spesso lucidi, ma sempre vivi. Ogni venerdì assomiglia ormai a un comunissimo lunedì di merda. Ogni domenica è un giorno da dimenticare in fretta.

Mi sento così stupido, adesso. Adesso che so che non avrei mai dovuto lasciarti combattere da sola. Adesso che è tutto più chiaro. Adesso che ti vorrei accanto e invece non so nemmeno dove abiti né cosa vedi quando ti affacci alla finestra di camera tua.

Vorrei scusarmi con te e poi, sarò sincero, vorrei baciarti. Vorrei rivederti.

Tua mamma mi ha assicurato che, appena ti vedrà, ti darà questa lettera. Mi ha anche detto che il ventisei non lavori.

Mi fido di lei e mi fido di noi, allora ti aspetto alle undici (perché lo so che prima delle dieci quando è festa non ti svegli mai).

Ti aspetto sulla panchina che c'è davanti al laghetto dei cigni e se non dovessi venire lo capirò.

Però, ti prego,

vieni.

Per Tommaso, da Anna

Caro Tommaso,
    buon Natale.
    Caro Tommaso,
    vaffanculo.
    Caro Tommaso,
    di cuore.
    Caro Tommaso,
    domani non ci sarò.
    Caro Tommaso,
    ho bevuto troppo vino a pranzo abbracciata alla mamma mentre Cesare provava a farci venire bene in almeno una foto.
    Caro Tommaso, visto che c'eri
    ti sei accorto che tutte le mie parole di ieri sera erano dedicate a te?
    Caro Tommaso,
    ti sei accorto che tutto quello che ho è dedicato a te?
    Caro Tommaso,
    ti ho fatto un regalo anche se fino a prova contraria non mi ami più.

Caro Tommaso,

sono gelosa di questo qualcuno che c'è a Torino anche se tra di voi non funziona. Sono gelosa dei corpi che immagini la notte.

Sono talmente gelosa che mi viene da vomitare.

O forse sarà il vino?

Caro Tommaso,

ma che cazzo vuoi?

Caro Tommaso,

lo sai com'è triste il Natale senza mio padre.

Caro Tommaso,

ho imparato a suonare la chitarra.

Caro Tommaso,

hai visto che capelli lunghi?

Caro Tommaso,

beato te che riesci addirittura a essere felice, senza di me.

Caro Tommaso,

è ovvio che ci sarò.

Caro Tommaso,

nella tua lettera c'è un errore.

Ormai anche quando non lavoro mi sveglio comunque presto. Ho scoperto che il mondo di mattina mi piace tantissimo.

Ma va bene, in fondo non potevi saperlo.

Abbiamo fatto l'amore e abbiamo pianto. Poi abbiamo riso, ma continuando a piangere. Abbiamo rifatto l'amore e mi sono accorta che il tuo sapore è diverso. Più buono, forse, ma diverso. Abbiamo mangiato un pacchetto di patatine sul tuo letto e mi hai raccontato dei tuoi alunni un po' scapestrati. Ti sei stupito perché le mie mani non tremano più come prima.

Siamo andati al mare e abbiamo fatto finta che fosse estate, siamo andati al bar e abbiamo fatto finta di essere amici. Siamo andati a cena fuori e abbiamo fatto finta che non fosse cambiato niente. Abbiamo fatto finta per la maggior parte del tempo, credo. Per non ferirci ulteriormente, forse.

Per non scivolare via, magari.

Per Anna, da Anna

Resta viva.

Non accontentarti.

Porta i tuoi occhi a fare una passeggiata, appena puoi. Non rinunciare ai tramonti, alla speranza.

Accetta la sofferenza. Accetta la felicità. Accetta la forza che a volte ti pervade.

Non lasciarti schiacciare da quello che è stato, da quello che non hai. Non farti portar via la gentilezza, la curiosità, la fantasia.

Continua a saltare nelle pozzanghere, se ti va.

Cambia pettinatura, cambia pelle. Cambia modo di vestirti e di truccarti, cambia abitudini, amicizie, luoghi e sogni.

Cambia spesso, ma lotta fino alla fine per non perderti. Abbi cura di te, soprattutto quando tornerai ad amare. Abbi cura del modo in cui guardi gli altri.

Abbi cura del tuo amore, soprattutto adesso. Soprattutto quando non saprai a chi donarlo. Non gettarlo. Non sprecarlo. Tienilo da parte, ti servirà.

Piangi pure; piangi quando vuoi. Ricordati di farlo, ogni tanto.

Ricorda che la cura, se davvero ne esiste una, sono le persone.

Non dimenticarti di loro. Delle loro mani. Dei loro guai. Delle loro storie piccole ma grandiose.

Non precluderti niente solo perché potrebbe distruggerti. Non sparire.

Resta, goditi lo spettacolo.

Resta coraggiosa.

Resta dolce.

Testa alta,

cuore in mano.

Domani partirai.

Domani, con il treno delle 15.04, tornerai a Torino.
Mi hai chiesto di venire a salutarti, di portare con me un bel sorriso.

Mi chiedo perché per sentirti devo vederti, toccarti; devo averti davanti. Mi chiedo perché, ogni volta in cui ci salutiamo, dentro di me la tua immagine si affievolisce fin troppo velocemente. Non resti.

Mi piaceva tanto amarti.

Per te, l'ultima lettera

È stato bello e quando qualcosa è stato bello bisogna dirlo, me l'hai insegnato tu, allora ecco:

è stata bella questa settimana passata con te.

È stato bello rivederti. Sentire di nuovo la tua voce, scoprire che i tuoi lineamenti si sono leggermente induriti ma che tu non sei cambiato per niente.

Te ne sono grata.

È stato bello andare al cinema a vedere un film che non ci interessava per niente, parlare fino a notte fonda al tavolino di quel bar che ci piaceva tanto, fare l'amore di nascosto in camera tua come due ragazzini mentre tuo padre dormiva nella stanza accanto. È stato bello camminare senza una meta per ore giovedì pomeriggio e scappare da quella festa noiosa l'ultimo dell'anno per andare a ballare una canzone silenziosa a casa mia.

È stato bello ricordare. Ricordare insieme. Ricordare abbracciati. Ricordare tenendoci per mano. Ricordare di quando andavamo alle feste di Carnevale, di quando – d'estate – mi aspettavi sotto casa e io scendevo di corsa le scale con il cuore in gola.

È stato bello dimenticare il male almeno per qualche giorno.

Sembrava tutto come prima, come prima di perderci: come prima, quando ci si amava ancora.

Stamattina sei partito e io non sono venuta a salutarti. Non ce l'ho fatta.

Non sono venuta perché sento che qualcosa dentro e intorno a me sta dilagando e vorrei tu ne rimanessi immune. Ti regalerei un fiore, se fossi dolce. Invece ti lascerò stare, perché ti amo.

Non mi dimenticherò mai di te e probabilmente il tuo ricordo mi farà sempre un po' piangere, ma va bene così.

Sei stato un grande amore. Non il primo, lo sai, ma il migliore.

Grazie per non avermi mai chiesto di cambiare, grazie per avermi fatto capire che quello che mi porto dentro è un miracolo e non una condanna. Grazie per i pomeriggi spensierati al mare, per avermi rispettato, per avermi protetto. Grazie, ma non posso restare.

Sarebbe meraviglioso, sarebbe semplice. Sarebbe perfetto.

Potrei inviarti un messaggio adesso. Potrei scriverti: "scusa, ho avuto paura" e tu capiresti. Mi perdoneresti esattamente come io ho perdonato te, ma non funzionerebbe.

È stato bello, ma non abbastanza.

È stato magico, ma non troppo.

Sono sicura che te ne sei accorto anche tu.

Ti ho aspettato per così tanto tempo che il lieto fine sarebbe stato quasi doveroso.

L'altro giorno, però, su quella panchina in pineta, un po' ero con te un po' ero altrove. Già troppo attaccata alla mia vita di adesso, così diversa da quella che avevamo insieme.

Già lontana, esattamente come te.

In questi mesi mi è cambiato il viso, mi sono specializzata in sorrisi tristi e in canzoni rigorosamente non d'amore. Ho cambiato pettinatura e ho cambiato casa. Mi sono affezionata a quella che sono diventata dopo di te.

Ricominciare insieme sarebbe meno faticoso e grazie al bene che ci vogliamo, forse, ce la potremmo anche cavare.

Sarebbero tutti contenti, perché le storie che non sanno finire riempiono di speranza chi ha qualcuno da aspettare. In qualche modo andremmo avanti. Ogni tanto faremmo l'amore, spesso staremmo in silenzio. A volte saremmo quasi felici, altre volte, invece, ci lasceremmo sopraffare dall'insoddisfazione, dalla vigliaccheria, dai sensi di colpa per una vita che abbiamo scelto di soffocare.

In qualche modo andremmo avanti, mediocri e stanchi, con gli occhi rossi di chi spera senza il coraggio di osare. Con gli occhi di chi non è stato in grado di essere libero. Di lasciarsi andare.

Io non posso farti questo e non posso fare questo a me stessa.

Io non mi voglio accontentare solo perché adesso l'idea di perderti mi fa troppo male.

Preferisco piangere ora che te ne vai. Non voglio i tuoi baci, non voglio le tue carezze che di certo allevierebbero il dolore, ma non mi salverebbero.

Io, amore mio, mi devo rialzare da sola.

Voglio arrivare in fondo a tutto questo dolore perché tutto questo dolore non mi venga più a cercare.

Mi salveranno le lacrime, mi salverà la curiosità di scoprire la me che prevarrà tra tutte quelle che mi porto dentro.

Mi salveranno anche i nostri ricordi.

Ti porterò con me, mi camminerai davanti e io non ti chiederò mai di fermarti per fare una passeggiata con me. Ogni tanto, quando il gioco si farà duro, guarderò la tua schiena e il tuo profilo e starò subito meglio.

Continuerò a scegliere l'amore, sempre, ed è per questo che non ti cercherò più. Che ti chiedo di non cercarmi più.

È per questo che ti mando un bacio, anzi cento, e ti prego di non rimandarmeli indietro.

Tienili tu, uno per ogni compleanno, uno per tuo padre, uno per i figli meravigliosi che avrai un giorno, uno per la donna che ti saprà amare fino in fondo.

Uno per quando ti ritornerò in mente e uno per quando il mio ricordo smetterà di farti male. Uno per te, solo per te, per quello che sei e uno per quello che siamo stati insieme. Uno per quello che avremmo potuto essere. Uno per quella domenica al mare in cui sentirai di avere esattamente tutto quello di cui avevi bisogno.

E allora arrivederci in un sogno, arrivederci nei ricordi, arrivederci un giorno per caso in cui ci sembrerà che il tempo non sia mai passato.

Non piangere per me, ci penso io. Penso a tutto io. Alle lacrime, alle foto, a non voltarmi.

Per me ridi, salta, sbaglia e impara, sbaglia e basta.

Per me, perché tutto questo sia servito a qualcosa. Pensami raramente, perché è giusto che sia così,

ma quando lo farai,

ogni volta in cui lo farai,

ti prego,

sorridi.

277 giorni dopo la fine

Oggi la signora della libreria in cui vado sempre mi ha detto che secondo lei da un po' di settimane ho gli occhi più belli.

«Sono più limpidi, è come se si fossero schiariti.»

Ho pensato: si saranno scoloriti a forza di piangere. Ma forse no. Forse è proprio il loro colore, questo qui. Quel grigio brillante tipico del mare quando il sole si riaffaccia timido dopo una pioggia passeggera. Forse erano le mie ombre, tutte le ombre che mi portavo sulla pelle, a farli sembrare più scuri.

Esco con gli altri meno spesso di qualche mese fa. A volte mi piace stare da sola, camminare da sola. Cammino fino a che c'è un po' di luce, fino a che i miei pensieri non ritornano al loro posto. Non mi vergogno più di questo fatto che, per andare avanti, ho ancora bisogno di tempo. Non mi vergogno più del mio modo di percepire il mondo.

Non posso dire che sono felice perché sarebbe una bugia, ma posso dire che ho comprato delle violette, che non sono ancora appassite e che sono fiera di me, per questo.

Fa ancora parecchio freddo nonostante l'inverno sia quasi finito.

Sono tranquilla. Ho una decina di libri da leggere e ho smesso di difendermi da tutta la bellezza che c'è in giro, da tutta la bellezza che si nasconde bene ma si lascia anche trovare volentieri.

Sono tranquilla.

Mi guardo intorno e quello che vedo ha ricominciato a fare effetto.

L'altro giorno ero a casa di mia madre. Eravamo sedute sulla panchina verde che c'è sul terrazzo, e si guardava il pesco ancora spoglio nel giardino del vicino bevendo un po' di latte caldo.

Mia madre mi raccontava di quando mio padre mi faceva salire sulle sue spalle.

«Avevo paura che tu potessi cadere, ogni volta mi sentivo proprio come se qualcuno mi togliesse la terra da sotto i piedi, ma stavo in silenzio e sorridevo. Non volevo che pensasse che non mi fidavo di lui.»

Giocava con i miei capelli mentre parlava.

«Non pensare mai che io sia triste e non essere triste nemmeno tu. È vero, l'ho perso. L'abbiamo perso, e anche se sono passati tanti anni la sua assenza non ha ancora smesso di stupirmi, di sconvolgermi, ma sono felice.

Felice perché un giorno, un giorno tanto lontano, ci siamo tenuti per mano di nascosto dai nostri amici sulla spiaggia. Felice perché abbiamo visto il Big Ben insieme per la prima volta. Felice perché avete sentito la sua voce. Felice perché, semplicemente, per un pezzo di vita siamo esistiti insieme. Non è scritto da nessuna parte che qualcosa, solo perché è tanto bello, debba durare per sempre. Finisce tutto, finiscono anche le cose belle. L'importante è che ci siano state. Diamo per scontato che d'amore ce ne sia per tutti, ma non è così. L'amore è un miracolo. L'amore, quando arriva, non ci può dire quanto resterà. Siamo noi che pensiamo che sia "fino all'infinito e oltre" o "fino all'eternità", ma l'amore, in realtà, come viene poi se ne va. O, ancora più spesso, se ne vanno le persone. Ma non importa, Annina. Non importa.

Tu ringrazia, ringrazia tutti quelli che ci sono stati e che per un po' ti hanno resa felice. Anche se non ce l'hanno fatta a rimanerti accanto. Non odiarli. Siamo deboli, siamo così deboli e fragili che ci è impossibile non ferirci a vicenda. È solo un tentativo come un altro di sopravvivere. È solo paura.

Ringrazia Anna. Ti farà stare meglio di qualsiasi "vaffanculo" urlato con rabbia.»

Poi, come fa sempre lei quando i discorsi si fanno troppo sinceri, si è alzata e ha iniziato a parlare di smalti e di vestiti e a ridere a un volume spropositato solo per coprire il rumore dei suoi occhi.

345 giorni dopo la fine

Mi piacé tanto quando piove a primavera
ché tutte le volte in cui piove
si fa presto a dimenticarsi il sole,
a lasciarsi catapultare di nuovo a novembre,
ma a primavera non è possibile,
ci sono i fiori a farci da promemoria
e quando piove
come per scherzo
il loro odore si fa più intenso;
profuma tutto quando piove a primavera
e non importa se piove
Perché,
anche se piove,
è pur sempre aprile
e la voglia di sapere quello che succederà
supera
di gran lunga
quel bisogno spasmodico di provare nostalgia
e la leggerezza batte
dieci a zero
i ricordi.

365 giorni dopo la fine

Ieri ho vissuto un attimo di gioia pura guardando due ragazzi addormentati abbracciati sulla spiaggia. Non importava se la ragazza non ero io, l'importante era che al mondo qualcuno si abbracciasse così in quel preciso istante. L'importante era che l'amore da qualche parte esistesse. Certo, non può essere una condizione mentale continua, perché poi si sa che la solitudine ritorna insieme alle notti in bianco e alle strette al cuore, però è un bel pensiero luminoso quello che ci fa ammettere che le stelle non sono meno belle se nessuno ce le dedica. Che l'amore finisce continuamente, però non si esaurisce mai.

Un giorno di fine maggio.
Poco prima di un comune tramonto di città
che da dove sono io non si riesce a vedere
ma si può solo immaginare,
poco prima che le rose inizino a ballare
nella silenziosa discoteca che è la sera,
poco prima dell'arrivo dell'estate
un incantesimo:

ricordo e non tremo,
mi accorgo che quello che tempo fa era un macigno adesso,
invece, è una piuma leggera che mi solletica il cuore.

Aspettami, ovunque tu sia. Chiunque tu sia.

Può darsi che ci metta un po' più del previsto.

Lo amo ancora, lo amo ancora tanto, eppure non lo amo più. Non abbastanza.

Ti sembra assurdo, vero?

Il fatto è che ho bisogno di ricordarlo un altro po', almeno un altro po'.

Quest'estate c'è la possibilità che la passi a ballare, a cantare in qualche locale mezzo vuoto, a rifiorire senza paura che il sole possa bruciarmi.

Il prossimo inverno c'è la possibilità che lo passi a pensare a lui.

Tu cosa farai?

Ci conosciamo già oppure non ci siamo mai visti?

Vivi qui vicino o dall'altra parte del mondo?

Da piccoli per caso abbiamo mangiato un gelato insieme? Perché se sei tu, allora mi ricordo di te: eri carino e antipatico.

Ti immagino con un sogno che ancora non sai di avere e ti immagino capace di piangere davanti agli altri. Credo tu faccia l'amore spesso con una ragazza molto bella, con gli occhi grandi e le mani piccole e credo che a volte anche tu pensi a me. Forse anche tu, mentre cammini tra la gente, mi cerchi proprio come faccio io, senza nemmeno accorgertene.

Abbi pazienza, con me. Anche quando mi lascerò trovare, anche quando finalmente saremo insieme.

Abbi pazienza. Per me è tutto importante. Tutto fondamentale. Sono pesante, eppure mi piace tanto volare. Lasciar perdere tutto e ricominciare. A volte mi viene da piangere per le cose belle. Sono piena di buoni propositi e di ottime scuse.

Aspettami.

Quando sarò pronta lo capirai, mi riconoscerai.

Sarò al binario numero quindici, quello dei sentimentali cronici, quello di chi o ama tanto o non ama affatto. Quello di chi ha conosciuto l'amore e proprio per questo non può fare a meno di cercarlo ovunque. Sarò vestita di delusioni e rimpianti, di scommesse perse e sogni infranti. Sarò stanca ma profumerò di buono.

Sarò vestita di nero, ma i miei occhi brilleranno ancora parecchio.

Non ti chiederò niente, non ti chiederò dove sei stato né con chi; ti prenderò a braccetto e ti mostrerò i miei angoli di mondo preferiti. Non ti parlerò di lui e tu non mi parlerai di lei, perché a quel punto ci saremo solo noi.

Andrà bene, andrà tutto bene.

Non scapperò.

Al momento giusto, al crepuscolo,
una sera d'estate colorata di rosa e d'azzurro,
scendi dal tuo treno e prendimi per mano.

METTERE IN UN RIPOSTIGLIO IL CUORE?

Mettere in un ripostiglio il cuore: scritto così sembra una sciocchezza e forse lo è, ma è anche qualcosa che prima o poi facciamo tutti.

Passiamo il nostro tempo con persone delle quali sappiamo che non potremmo mai innamorarci. Teniamo tutti gli altri, quelli pericolosi, a distanza di sicurezza. Camminiamo a testa bassa e a passo svelto come se stessimo scappando. Continuamente. Stiamo attenti a tutto, costantemente vigili.

Restiamo rinchiusi in quello che ci sembra un rifugio sicuro, privo di ostacoli e di trappole.

Osserviamo tutto senza che niente ci coinvolga veramente.

Diventiamo egoisti ed esserlo ci piace anche abbastanza.

Ci fa sentire quasi invincibili, degli eroi.

Gli eroi del nulla.

La versione 2D di noi stessi, e ne andiamo pure fieri.

Ci beviamo su perché perdiamo volentieri il controllo dei nostri pensieri, ma mai quello delle nostre emozioni.

Diventiamo frivoli e aridi, diventiamo più belli e più infelici.

I tramonti non ci interessano più, la primavera ci disgusta. L'odore dei fiori, i ragazzi che si baciano davanti alle scuole, le note di una canzone leggera, le piccole sorprese improvvise: ci sembra tutto superfluo. Rinneghiamo ciò che prima ci rendeva felici.

"Non amo più" pensiamo, e ci sembra di aver trovato la soluzione a tutti i nostri mali.

Poveri ingenui.

Come se davvero si potesse scappare, come se davvero si potesse decidere di smettere di sentire.

Come se davvero l'amore non fosse ovunque.

Intanto il vuoto ci divora lentamente e, quando alla fine ce ne accorgiamo, il nostro volto è ormai irrimediabilmente cambiato. Ci annoiamo a morte e diciamo a tutti che sì, adesso stiamo bene, non ci vediamo da un bel po' ma diciamo a tutti che ci siamo finalmente ritrovati.

Allora forse, e dico forse, è meglio soffrire che mettere in un ripostiglio il cuore. Meglio non perdere la buona abitudine di piangere prima di dormire per poi, al mattino, sbocciare pieni di ottimi propositi e di dolci illusioni.

Meglio rimanere romantici e, perché no?, anche un po' sdolcinati. E magari anche ridicoli, perché forse è così che appaiono agli occhi di chi non ama quelli che amano troppo.

Meglio non aver paura di far girare tutto intorno al cuore. Anche se sembra assurdo, anche se ci rende fragili. In realtà è un superpotere.

Meglio continuare ad abbracciare appena possiamo, a inciampare perché non guardiamo mai per terra. Occhi rivolti verso il cielo, sempre, che al limite cadiamo e poi ci rialziamo in piedi.

Meglio non rinunciare. Per colpa di ogni bugia e di ogni ora passata a prepararci per qualcuno che poi aveva la testa altrove.

Meglio conservare il nostro amore: magari ora pensiamo che sia la nostra rovina, in realtà sarà la nostra salvezza.

Meglio non perdere la pessima abitudine di crederci.

Meglio restare allenati all'amore.

Meglio farsi trovare pronti.

Ringraziamenti
(in ordine rigorosamente sparso)

Grazie ad Antonio Distefano, lui sa perché.

Grazie a Marta Treves, Simona Casonato e Paolo Valentino per essersi presi cura di questa storia con delicatezza, riuscendo addirittura a far tacere le mie insicurezze.

Grazie a tutti quelli che, quando ci ho messo il cuore, non mi hanno fatto sentire ridicola.

Grazie a mia madre e a mio padre, a mio fratello Filippo e a mia sorella Cinzia. Alla loro fantasia, ai loro occhi gentili, alla loro onestà, ai loro abbracci timidi. Alle nostre cene stanche ma rigorosamente insieme e alle partite a carte dopo essere stati al mare.

Grazie a mia nonna, ovunque sia.

Grazie alle persone sconosciute che mi hanno sorriso senza motivo incrociandomi per la strada.

Grazie a tutti quelli che, in questi anni, hanno avuto la pazienza di leggere i miei pensieri: senza di voi non avrei avuto la stessa forza e lo stesso coraggio. Senza di voi questo libro non esisterebbe.

Grazie a Nicola per tutta la magia e per i balli silenziosi in camera.

Grazie a Giulia per le passeggiate infinite sulla spiaggia e per le chiacchierate senza filtri.

Grazie alle mie amiche, perché da quando le conosco non ho più paura di rimanere sola.

Grazie a tutti quelli che se ne sono andati, grazie per avermi lasciata libera di essere felice.

E, per finire, grazie a me stessa: per la perseveranza, per la voglia di vivere, per averci provato nonostante l'immensa paura di non farcela.

Indice

Mondadori Libri S.p.A.

Questo volume è stato stampato
presso ELCOGRAF S.p.A.
Stabilimento - Cles (TN)

Stampato in Italia - Printed in Italy